I0637340

LA MAGIE

DE

L'AMOUR

PASTORALE

en un Acte & en Vers.

Le prix est de vingt-quatre sols.

A PARIS,

Chez la Veuve de Louis-Denys Delatour,
Imprimeur-Libraire, ruë de la Harpe,
aux trois Rois.

M. DCC. XXXV.

Avec Approbation & Privilege du Roy.

ACTEURS.

SOPHILETTE, *Bergere.*

DORIMENE, *Bergere, rivale de Sophilette.*

DORIS, *Bergere, cousine de Dorimene.*

LHIDIME'S, *Berger, Amant de Sophilette.*

La Scene est en Thessalie, dans un Bosquet consacré à Diane, dont on voit un Temple dans le lointain, par-delà le Hameau où demeure Sophilette. Son Pere & sa Mere à la tête des Habitans de ce Hameau, forment la Fête, qui finit la Piéce.

PRÉFACE.

IL faut peu de matiere pour produire une Comedie dans l'imagination d'un Auteur. En faisant celle des Amants Ignorants pour le Théâtre Italien, quelques mots que s'y disent Nina & Arlequin, me donnerent l'idée de celle-ci. La jeune Bergere, qui sent un amour qu'elle ne connoît pas encor, parle ainsi à son Amant.

NINA.

Mais, d'où vient que la bonne amiquié que j'avons l'un pour l'autre nous tourmente comme ça par fois ? Ça me tracasse l'esprit.

ARLEQUIN.

Je ne sçay, glia là queuque anguille sous roche.

NINA.

N'est-ce point qu'on auroit jetté sur nous queuque sort ? Car on dit qu'il y a de méchants Bergers qui font comme-ça de la sorcellerie.

ARLEQUIN.

Ohimé ! Tu me fais peur. De la sorcellerie ?

Je conçûs dès lors que ce seroit un caractere

tout-à-fait theâtral, que celui d'une jeune Bergere amoureuse pour la premiere fois, assez
simple pour ignorer la nature de sa passion, &
pour se croire enchantée par celui même qui
la lui auroit inspirée, pourvû que l'on pût bien
fonder son ignorance en amour, & sa crédu-
lité sur son enchantement.

. Mais comme il me paroissoit difficile que ces
deux Pieces ne se ressemblassent pas un peu,
je differois toujours à travailler à celle-ci, pour
laisser au moins oublier la premiere. Enfin,
après l'avoir long-temps roulée dans mon esprit, & en avoir plusieurs fois repris & quitté
le dessein, un heureux hazard, lorsque j'y pen-
sois le moins, me la fit trouver toute faite dans
un petit ouvrage d'une Fille illustre par plusieurs autres, qui font aujourd'huy le plaisir le
plus délicat des personnes de goût.

Mais la beauté de ce même ouvrage me fit
d'abord abandonner mon projet. Je désesperai
de pouvoir jamais rien faire qui fût supportable auprès de l'original, & je ne l'ai repris qu'a-
près y avoir été encouragé par cette sçavante
Demoiselle. Et pour m'exciter aussi moi-même
à y travailler, je me suis dit qu'une Historiette
racontée en prose sur le papier, ou mise en vers
& en action sur la Scene, étoient deux ouvra-
ges tout differents, & que l'on ne devoit point
comparer.

Dans le premier, où l'Auteur est censé parler lui-même, on s'attend à une diction cou-

lante, élegante & arrondie, comme l'eſt celle de mon modele. Dans le ſecond, qui n'eſt proprement ici qu'un dialogue entre des Bergers, on ne demande qu'un ſtyle naturel, plus ſimple & plus coupé, que je n'ai pas crû ſi fort au-deſſus de mes forces. D'ailleurs, la Fable déja toute inventée, étoit un ſecours pour mon genie affoibli, peut-être par l'âge, & devenu plus pareſſeux. J'ai eſperé, de plus, que le fond des penſées, quoiqu'exprimées avec moins de graces, pourroit me ſoutenir. J'aime à rendre ici l'honneur du ſuccès à qui il appartient.

Mais ce qui m'a ſurtout invité & déterminé à faire la Piece, c'eſt la convenance du caractere de Sophilette avec celui de l'aimable Demoiſelle Gauſſin, à qui j'en deſtinois le rôle. Je me ſuis flatté que les yeux & tous les traits de l'Actrice, ſi touchants, & d'une forme ſi parfaite, que la douceur & la modeſtie de ſon air, le plus propre qui fût jamais à exprimer l'innocence & l'ingenuité d'une jeune Bergere, que le ſon tendre & flateur de ſa voix, la netteté de ſa prononciation; enfin, que les graces de ſon action & de toute ſa perſonne, pourroient ſuppléer à celles que je ne me ſentois pas capable de mettre dans mon ouvrage.

Mais malgré tous ces avantages, une crainte ſecrette m'arrêtoit encor. Il m'a toujours ſemblé que la Paſtorale convenoit mieux aux Theâtres des Italiens & des Eſpagnols, qu'au nôtre. Ils y voyent avec plus de plaiſir & de patience

dés copiés de leur amour doucereux, roma-
nefque, & qui marche avec une lenteur infup-
portable à la vivacité de notre Nation. Ce
Poëme, qui tient le milieu entre la Comedie &
la Tragedie, par cela même, devient prefque
infipide. Il n'a pour but que de plaire par des
images agréables, ou tendrement touchantes,
ce qui n'affecte pas affez l'efprit ni le cœur pour
faire rire ou pleurer. Or, dans un fpectacle,
nous voulons être excitez à l'un ou à l'autre.

Enfin, j'ai reconnu, à l'execution de la Piece,
que mon efperance & ma crainte, en la com-
mençant, avoient été bien fondées. Sophilette
a plû infiniment, & le Paftoral a paru trop long,
quoiqu'il y ait des Actes en tout autre genre,
qui fans ennuyer, durent du moins autant que
celui-ci.

Les Comediens ont donc été obligez d'en
retrancher beaucoup, fans avoir égard à la conduite du fujet, ni à la liaifon naturelle des Sce-
nes, & ce qui va paroître un paradoxe, l'ont
embellie en l'eftropiant. Mais puifque le Public,
malgré fes défauts, a bien voulu s'en contenter,
j'en dois ici rendre grace à fon êxtrême in-
dulgence.

Je m'étois fait une religion de ne m'écarter
du plan de l'original, qu'autant que j'y ferois
forcé, pour amener les évenements à l'unité de
temps & de lieu; & en cela, j'avois eu raifon, ce
me femble. Ce plan avoit charmé tout Paris.
La Tante y préparoit le dénouement, ce que

j'ai suivi dans cet Acte. L'amour de Sophilette éclate dans cette Scene à travers son ignorance, autant & plus qu'en aucune autre de la Piece, & c'est ce qui en fait tout le sel.

J'avois fait choix, pour ce rôle de Tante, d'une Actrice qui conserve encore des graces, d'une taille avantageuse, très-intelligente dans son Art, & dont la prononciation exacte, & par-là un peu lente, n'en convenoit que mieux à la gravité du personnage de Prêtresse qu'elle representoit; cependant elle a déplû au Parterre. A quoi m'en prendre? Qu'à un des caprices dont lui-même auroit peine à se rendre raison, puisqu'il est encore tous les jours si content d'elle dans le rôle de Mere de la Piece du Talisman, qui ne differe point de celui de vieille Tante, & dans tant d'autres qu'elle execute si parfaitement.

Je donne ici la Piece, à peu près comme elle a été joüée avec ses retranchements, & n'y ai remis précisément que ce que j'y ai crû nécessaire pour en rendre la suite plus raisonnable. J'ai même pris la précaution d'ajoûter des guillemets à quelques vers que l'on en retranche encore en la récitant.

Pour ôter un peu du fade de ce Poëme, j'avois fait d'abord Dorimene d'un cœur un peu plus dur qu'elle n'est ici, ce qui jettoit plus de pitié sur l'aimable Sophilette, qui en fait innocemment sa Confidente, & je punissois le mauvais caractere de sa Rivale, en la mettant dans

la fituation cruelle d'être témoin du raccom-
modement des deux Amants : fon défefpoir &
fes vaines menaces finiffoient la Piece plus vi-
vement ; mais toute Actrice répugne à joüer un
Perfonnage odieux, & il n'eft pas toujours permis à un Auteur de rendre fon ouvrage auffi
bon qu'il le pourroit faire.

    J'ai mis ici, après la Piece, une autre maniere
dont je l'avois finie, que je croy meilleure. Le
Spectateur y auroit vû de fes propres yeux l'innocente Sophilette vengée, ce qui l'auroit ren-
voyé plus content, que ne fait le récit de ce
qui fe paffe en fon abfence.

LA MAGIE

DE

L'AMOUR:

PASTORALE.

SCENE PREMIERE.

DORIMENE. DORIS.

DORIMENE.

H Aha ! Que fais-tu donc fi matin dans ce bois ?

DORIS.

Je m'y promene, tu le vois.
J'y viens refpirer l'air, faire un peu d'exercice.
Je laiffe repofer aujourd'hui mon troupeau.
Je fuis feule chez nous, mon Pere eft à Lariffe * ;
Si bien que m'ennuyant, il m'a pris un caprice,

* Capitale de la Theffalie.

A

D'aller chaffer à ton hameau,
Où l'on apprend toûjours quelque incident nouveau,
Au nôtre, à quoi veux-tu que je me divertiffe?

DORIMENE.

Je te vois donc à préfent le loifir,
Si tu m'aimois un peu, de me rendre un fervice.

DORIS.

Parle, je m'en fais un plaifir.

DORIMENE.

Doris, mon aimable Parente,
J'implore aujourd'hui ton fecours.
Il s'agit d'affaire importante,
Il y va, je le fens, du repos de mes jours.

DORIS.

Helas! ma chere Dorimene,
Je devine déja ta peine;
Tes foins les plus preffants font ceux de tes amours;
C'eft ce qui t'occupe toûjours.

DORIMENE.

Tu l'as dit. Sophilette, une jeune innocente,
D'un trifte & froid temperament,
Qui croit l'amour un vain nom feulement,
Qui jamais n'y marqua de pente,
En ignore tout fentiment,
Malgré fon humeur indolente
Eft prête à m'enlever Lhidimès mon Amant.

DORIS.

Hoho! l'affaire eft grave & tout-à-fait picquante.

Mais, Coufine, tu me furprends,
Quand tu dis ta Rivale en amour ignorante.
Quel âge a-t'elle donc?

DORIMENE.

Elle a tantôt feize ans.

DORIS.

C'eft pourtant là d'aimer le véritable tems.

Ignorante à seize ans ? Cela ne se peut croire.

DORIMENE.

Cependant la chose est ainsi,
Et tu la comprendras apprenant son histoire.
Ecoute, en deux mots la voici.

Hermiphile, autrefois celebre Enchanteresse,
Conçût dès le berceau pour elle une tendresse
Qui déplût fort à ses parens ;
Mais voulant s'en rendre maîtresse,
Elle leur proposa d'élever sa jeunesse,
Et l'obtint de ces bonnes gens.

Hermiphile par sa Magie
Faisant trembler toute la Thessalie,
A ce qu'elle voulut il fallut consentir.

Elle fit donc porter la jeune Sophilette
Dans sa noire & triste retraite,
Et sans elle, jamais ne l'en laissa sortir.

Or tu n'as pas de peine à croire
Que dans le terrible séjour
D'un Magique laboratoire,
On parle beaucoup moins d'amour,
Que des matieres de grimoire.

DORIS.

Il est vrai, les lutins ne sont pas fort galans.

DORIMENE.

Une Tante, Prêtresse au Temple de Diane,
Ne la tira qu'à l'âge de dix ans
De cette retraite profane.
Et depuis, dans ce Temple elle resta toûjours.

Chez Diane, di-moi, connoît-on les amours ?

Elle n'est de retour au hameau de son Pere,
Que depuis un mois à peu près.
Et ce fut vers ce tems qu'une importante affaire

Attira dans ces lieux le charmant Lhidimès.
DORIS.
Je comprends à préfent qu'Hermiphile & la Tante
Auront pû la laiffer en amour ignorante ;
Mais au hameau, depuis, elle a vû des Amants.
La curiofité toute feule intereffe
A connêtre le but de leurs empreffements ;
Et l'exemple réveille en nous les fentiments.
DORIMENE.
Froide, incapable de tendreffe,
Elle n'a dans l'efprit que les enchantements
　　　Dont autrefois fon affreufe maîtreffe,
　　　Divertiffoit fa premiere jeuneffe.

Sa mémoire a toûjours ces objets fi préfents,
Que tout ce qu'elle voit de nouveau dans la vie,
　　　Elle le croit effet de la Magie,
Et la peur auffi-tôt s'empare de fes fens.
DORIS.
Hé bien donc, puifqu'elle eft fi fimple & fi fauvage,
　　　Tu t'allarmès trop promptement.
DORIMENE.
N'a-t'elle pas un cœur ? Une fille à fon âge
　　　Auprès d'un jeune & tendre Amant,
　　　Peut à la fin en connêtre l'ufage.
La fcience d'aimer fans tant d'efprit s'apprend ;
　　　Il parle, ce cœur, on l'entend.

Elle eft fimple, il eft vrai, mais elle eft jeune & belle.
　　　Lhidimès m'en paroît charmé.
　　　J'ignore s'il en eft aimé,
Et veux m'entretenir fur ce point avec elle.

　　　Elle me fuit depuis un temps ;
　　　Ce peut-être par jaloufie.
　　　Si je l'a joins quelques inftants,
　　　J'en ferai bientôt éclaircie.

J'ai conduit exprès mon troupeau
Dans la plus prochaine prairie,
Pour l'épier au fortir du hameau.
Prens-en quelque foin je te prie;
Tu le peux, puifque rien ne t'occupe en ce jour.

Pour une jaloufe Bergere,
Ah ! Doris , c'eft trop d'une affaire
Que fes moutons & fon amour.

DORIS.

Sur tes moutons que rien ne t'embaraffe
Je pourrai tout le jour les garder en ta place,
Mais crois-moi, ton amour devroit moins t'occuper,
Tu le prends trop à cœur, il t'échauffe la bile,
Et par le moindre efpoir tu te laiffe tromper.
Le foin de ton troupeau te feroit plus utile.
Si Lhidimès eft pris, crois-tu le rattraper ?
Cela me paroît difficile.

DORIMENE.

Coufine , je fuis trop habile
Pour qu'un cœur puiffe m'échapper.

» Comment ? Dans l'art d'aimer une jeune novice,
» Qui n'en a pas encor les premiers élements,
» M'oferoit difputer un cœur où je prétends ?
» Non , ne croi pas qu'elle me le raviffe.

Je l'aperçoi qui prend fa route vers ces lieux.
En m'y voyant , je crains qu'elle ne s'en éloigne,
Il faut abfolument qu'aujourd'hui je la joigne.
Va , pars. Pour l'obferver & la furprendre mieux ,
Je veux quelques momens me cacher à fes yeux.

SCENE DEUXIE'ME.

SOPHILETTE. DORIMENE *cachée.*

SOPHILETTE.

O, ma Déesse tutelaire,
Diane, tirez-moi de la peine où je suis.
Je crains que ma Raison à la fin ne s'altere.
　　Sans dormir je passe les nuits ;
Et le Soleil envain à son retour m'éclaire,
Le plus beau jour ne peut dissiper mes ennuis.

Hélas ! pour en guérir je fais ce que je puis.

　　Dès le matin je quitte ma cabanne,
Et je viens dans ce bois qui vous est consacré,
　　Vous implorer, favorable Diane,
Contre un chagrin mortel où le sort me condanne,
Dont le principe encor de moi-même ignoré
Me fait rougir du trouble où mon cœur est livré.

　　Eclairez-moi sur ce qui l'a fait naître.
Est-ce une maladie ? Est-ce un enchantement ?
　　Ah ! si par vous je pouvois le connêtre,
　　J'y trouverois du remede peut-être ;
Ou je le souffrirois, du moins, plus constamment.

Ici, Dorimene s'avance. Sophilette surprise veut s'éloigner, &
fait une exclamation.

Ah ! 　　　　DORIMENE.
　　Quoi, vous m'évitez ? Vous, ma plus tendre amie ?
Quel sujet avez-vous de vous plaindre de moi ?
　　Depuis un tems je m'apperçoi
　　Que vous fuyez ma compagnie.

SOPHILETTE.

Je vais vous l'avoüer, je suis de bonne foi,
   Oüi, je vous fuis, & je ne sçai pourquoi.
   Pardonnez-le moi je vous prie.
Tout le monde à présent m'embarasse & m'ennuye;
   Lhidimès, dès que je le voi,
   Redouble ma mélancolie.
Je suis dans un état qui me fait de l'effroi.

DORIMENE.

   ô Ciel! quelle bizarrerie!
Quoi même Lhidimès, si bien fait & si beau?
   Eh depuis quand vous tient la maladie?

SOPHILETTE.

   Depuis qu'il est dans le hameau.

DORIMENE.

Expliquez-moi de grace un chagrin si nouveau.

SOPHILETTE.

   Quoique le voir soit ma plus forte envie,
Ma peine, en le voyant n'est pourtant pas finie.

DORIMENE.

Mais votre cœur alors devroit être content.

SOPHILETTE.

Il est vrai; cependant il ne l'est pas encore.
Un desir inconnu me presse, me devore,
   Et je ne souffre jamais tant.

   Je le voi, même en son absence.

   Quand j'entends son nom seulement;
   Je sens que ma peine commence
   Par un secret tressaillement.

   Dès qu'il paroît, je suis toute interdite.
   Mon corps fremit, mon cœur palpite.
   Il me prend un frissonnement.

Tant qu'il est près de moi, la fiévre continuë.
Qu'il touche par hazard ma main, quand je l'ai nuë;
                 A iiij

Tout auffi-tôt redoublement.
Je fuis troublée au point, que mon ame éperduë
Prend tout ce qu'elle fent pour un enchantement.

DORIMENE.

Mais, écoutez, cela pourroit bien être.
Si vous voulez furement le connêtre,
Répondez-moi fincérement.

Dormez-vous d'un fommeil tranquille?

SOPHILETTE.

Hélas ! je ne dors prefque plus ;
Ou quand je dors, mille fonges confus
De Lhidimès ou d'Hermiphile,
Dans mon efprit à fe troubler facile,
De peine & de plaifir font un flus & réflus.

Voici d'abord quelle eft ma peine.

Mon Enchantereffe inhumaine
En fonge me fait voir mes moutons expirants.
Mes agneaux emportez par des loups dévorants.
» Nos ceps fur les côteaux, ou nos bleds dans la plaine
» Renverfez, arrachez, par la fureur des vents.
» Nos jardins deffechez par leur brûlante haleine.
Je vois enfin, pour comble de ma peine
Un malefice affreux confumer mes parents.

DORIMENE.

Quittez vos fonges effroyables,
Vous me feriez mourir de peur.

SOPHILETTE.

Ceux-là font rares, par bonheur,
J'en ai plus fouvent d'agréables.
» Comme fouvent ici je voi
» Nos folâtres Bergers pour amufer nos belles
» Leur conter mille bagatelles ;
» Quelquefois Lhidimès en fonge auprès de moi
» Me paroît imiter ce qu'ils font auprès d'elles.

Dans mon profond sommeil, au milieu du repos
Je croi l'entendre qui soupire;
Et me serrant les mains, qui me dit certains mots
Qui me paroissent tout nouveaux,
Ils sont plaisants sans faire rire.

DORIMENE.

Ils ne font rire que le cœur;

à part.

J'entends. Ces mots plaisants me présagent malheur.
Encor? Quels sont ces mots?

SOPHILETTE.

Mais il dit qu'à mes charmes
On doit d'abord rendre les armes.
Qu'ils ravissent par leur douceur.
Et puis, il dit que ma tiédeur
Lui cause en secret des allarmes.
Que sçai-je moi? Tantôt il parle de langueur,
De tendres sentimens, de transports, ou d'ardeur;
Qu'il dit que ma présence inspire.
Franchement de ces mots je sçai peu la valeur.

DORIMENE.

Ah! que j'y trouve de fadeur!

SOPHILETTE.

Ils font en moi pourtant un effet que j'admire.
Leur son me paroît si flatteur
Que pour les mieux entendre à peine je respire.
Ils me mettent l'esprit dans un certain état,
Dont j'aurois du regret que le réveil l'ôtât,
Tant je me plais à les entendre dire.

DORIMENE.

Il vous mettent l'esprit en feu,
Et voilà ce qui fait que vous dormez si peu.

Et vous ne respirez, me dites-vous, qu'à peine
Quand vous écoutez ses discours?

SOPHILETTE.

Oüi, mes soupirs tremblants sont de plus longue haleine,
Comme si ce qu'il dit en retardoit le cours.

DORIMENE.

Hom, cela me fait peur.

SOPHILETTE.

Pourquoi donc, Dorimene?

DORIMENE.

Je n'ose là-dessus dire mon sentiment,
Car cela sent beaucoup l'enchantement.

SOPHILETTE.

Ah! je m'en suis toûjours doutée,
Et de plus en plus je le crains.

DORIMENE.

Ma pauvre Sophilette, hélas! que je vous plains!

SOPHILETTE.

Vous me croyez donc enchantée?

DORIMENE.

Je croi du moins en voir des indices certains.

SOPHILETTE.

Lhidimès Enchanteur! Ciel! qui l'auroit pû croire?
Je n'ose presque le penser,
Je crains encor de l'offenser,
Avec un air si doux a-t-on l'ame si noire?

DORIMENE.

A cet air prévenant, insinuant, flatteur
Reconnoissez un Enchanteur.

Vous ignorez encor avec quel art les hommes
Sçavent nous déguiser leurs criminels penchants.
Sur tout, s'il en est de méchants,
C'est dans les Pays où nous sommes.

SOPHILETTE.

Comment donc éviter de si mauvaises gens?

DORIMENE.

Comme fit autrefois votre Tante Candide.

Son exemple eft le meilleur guide
Pour parer tous les accidens.
Du temple de Diane elle fit fon azile.
Allez de votre cœur y récouvrer la paix.
Il vous a garanti des piéges d'Hermephile ;
Il peut le faire encor de ceux de Lhidimès.

SOPHILETTE.
Pardon, ma chere Dorimene,
Si j'ai marqué pour vous un peu moins d'amitié.
Je reconnois que je vous fais pitié.
Votre avis charitable a foulagé ma peine.
Je la fens moins de la moitié.

Oüi j'en croirai votre fageffe,
Je confacre aujourd'hui mes jours à la Déeffe.
Ce n'eft que fous fes loix qu'on a de vrais plaifirs.
J'ai fenti de tout tems une pente fecrete
A vivre dans cette retraite,
Et je fuis réfoluë à fuivre mes defirs.

DORIMENE.
Gardez-vous que Candide ait la moindre penfée
Qu'à prendre ce parti votre ame foit forcée,
Et ne parlez jamais de votre enchantement.

SOPHILETTE
C'eft bien auffi mon fentiment.

DORIMENE.
Sur tout cachez bien votre peine
A ceux dont vous tenez le jour ;
Pour Lhidimès ils auroient une haine
Dont il fe vangeroit par quelque mauvais tour.

SOPHILETTE.
C'eft ce que j'ai le plus à craindre ;
Mais je fçai garder un fecret.
Jamais de Lhidimès il ne m'entendront plaindre.

Adieu. Je cours au Temple & vous quitte à regret.
Ne m'abandonnez pas ma bonne & chere amie.

Ce Temple n'eſt pas loin d'ici.
Venez-y quelquefois me tenir compagnie.
Que par vous je ſois éclaircie
De ce que penſera ſur ce changement-ci
Le méchant Lhidimès.

DORIMENE.

Ah ! grands Dieux, le voici.
Fuyons, il vous cherche ſans doute
Je voi qu'il prend vers nous ſa route.

SOPHILETTE.

O Ciel ! quel eſt mon embarras ?
La frayeur me ſaiſit, je ne puis faire un pas.
Cachons-nous, & ſouffrez que de loin je l'écoute.

DORIMENE.

Ecoûtons, ſoit ; mais n'en approchez pas.

SCENE TROISIE'ME.

LHIDIME'S. *Les Bergeres cachées.*

LHIDIME'S *entre en rêvant.*

JE rêve à mon bonheur, il me paroît un ſonge.
Eſt-il des plaiſirs plus parfaits
Que les réflexions où mon eſprit ſe plonge ?
Le cœur de Sophilette a ceſſé d'être en paix,
Ton Art a réuſſi, triomphe Lhidimès.

Mes ſoins pour la charmer n'ont pas été frivoles.
J'ai dit près d'elle des paroles
Qui produiſent de bons effets,

A me voir elle eſt empreſſée.
En me voyant elle eſt embaraſſée.
Elle parle en tremblant, elle a les yeux diſtraits.
Une vive rougeur au viſage lui monte.
Qu'avec plaiſir j'y remarque ſa honte !

D'un charme tout-puissant elle ressent les traits.
Ton Art a réussi, triomphe Lhidimès

Quoique son embarras soit déja manifeste,
J'espere voir encor son cœur plus agité.
    Que bien-tôt de sa liberté
    Elle perde ce qui lui reste.
De cet heureux succès me serois-je flatté!

    Mais il est tems de joüir de ma gloire,
    Allons la chercher en tous lieux,
Et goûtons le plaisir de lire dans ses yeux
    Et sa défaite, & ma victoire.

SCENE QUATRIE'ME.

SOPHILETTE *sortant du bois.* LHIDIME'S.

SOPHILETTE.

ARrête. Ecoute-moi, funeste Lhidimès.
    Apprend ici que je te hais.
    Que tes paroles seront vaines
    Pour l'effet que tu t'en promets.
Cesse de triompher des maux que tu me fais.
    Diane a pitié de mes peines.
Je t'en connois l'Auteur, mes vœux sont satisfaits.

Mais quand tu sçais qu'ici la Déesse préside,
    De quel front oses-tu perfidie,
Y declarer si haut tes criminels projets?
Crains que du Talisman de la sage Candide
    Tu ne ressentes les effets;
Il détruira ton art, & mon cœur est en paix.
LHIDIME'S.
Quel crime, ô Ciel! Injuste Sophilette
    A pû m'attirer ce courroux?

Eſt-ce l'ardeur la plus parfaite
Dont on puiſſe brûler pour vous?
Declarez moi du moins la faute que j'ai faite,
Je vous la demande à genonx.

SOPHILETTE.

Qui moi? Que je te la declare?
Oſes-tu bien encor feindre de l'ignorer?
Quand toi-même en ce lieu, barbare,
Sur tes mauvais deſſeins tu viens de m'éclairer?

LHIDIME'S.

Quoi ſerez-vous inexorable?
Par pitié, daignez m'éclaircir
Le ſens de ce diſcours, il eſt impénétrable;
Vous plaiſez-vous à l'obſcurcir?
Si quelqu'un près de vous a voulu me noircir,
Dites-moi clairement de quoi je ſuis coupable.

Que du moins il me ſoit permis,
Quand on m'accuſe à tort, de pouvoir me défendre,
On me croiroit à vous entendre
Le plus grand de vos ennemis.
Moi, de qui la plus chere envie
Eſt de vous conſacrer ma vie,
Je cauſe vos chagrins? Pouvez-vous le penſer?
Qu'elle me ſoit cent fois ravie
Plûtôt que de vous offenſer.

SOPHILETTE, *à part d'abord.*

Dieux! Se peut-il encor que ſa plainte me touche?
Il ne ſort pas un ſeul mot de ſa bouche
Qui ne me porte un coùp mortel.
Je ſens à chaque inſtant que ma peine redouble,
Je ſuis honteuſe de mon trouble.

Eloignez-vous de moi, cruel,
Je vous défends à jamais ma preſence.

LHIDIME'S.

O Ciel! Après cette défenſe

Pourrois-je encor conserver quelque espoir?
» Ah! finissons ma vie infortunée.
» Allons dans les flots du Penée
» La délivrer du chagrin de me voir.

SOPHILETTE.

» Arrêtez, Lhidimès, & perdez cette envie:
» Quoique par vous j'essuye un triste sort,
» Si j'avois causé votre mort,
» Je m'en repentirois le reste de ma vie.
» Votre affreux desespoir a calmé mon courroux.
» Vivez, Berger, c'est moi qui vous l'ordonne;
» Vivez, c'est à ce prix que mon cœur vous pardonne
» Les déplaisirs qu'il a reçu de vous.
» Mais du moins rendez-moi le repos où j'aspire;
» Adieu. Que j'ay de peine encor à le lui dire.

LHIDIME'S.

» Non, je suivrai par-tout vos pas.
» Vous me fuyez en vain, cruelle.

Les Comediens ont retranché toute cette Scene, je remets ici ce qui m'a paru necessaire à la conduite de la Piece.

SCENE CINQUIE'ME.

DORIMENE, *sortant du Bois avec précipitation.*
LHIDIME'S.

DORIMENE.

LHIDIME'S, ne l'arrêtez pas,
Je sçai tout, & je vais vous l'expliquer mieux qu'elle.

LHIDIME'S.

Tirez-moi donc du desespoir,
Instruisez-moi, ma chere Dorimene.
Quai-je fait? Quai-je dit? Qui m'attire sa haine?

DORIMENE.

En deux mots, vous l'allez sçavoir;
Elle aime Candide sa Tante,

Et croît que pour vivre contente,
Elle doit l'imiter dans tout ce qu'elle fait.
Elle veut donc à son exemple
Se consacrer au même Temple.
Ce fut-là de tout temps son plus ardent souhait.

LHIDIME'S.

Quoi s'enterrer vivante? Ah! grands Dieux quel dommage!

DORIMENE.

C'est-ce que craignent ses parens,
Dont les désirs du sien très-differents,
Sont de lui procurer un heureux mariage,
Et depuis quelque tems lui parlent d'un Epoux,
Sans lui nommer pourtant celui qu'on lui destine.
Voilà de son chagrin la premiere origine.

Elle apprend ici que c'est vous
Qui voulez la priver d'un sort qu'elle croit doux.
Vous venez assez haut d'y declarer vous-même
Que vous l'aimez, bien plus, qu'elle vous aime.
Doutez-vous que son cœur ne soit très-irrité
Du dessein d'un Amant si plein de vanité?

LHIDIME'S.

Enyvré du bonheur où mon ame se noye,
Je viens seul en ce bois pour m'en entretenir.
L'amour heureux peut-il se contenir?
Mon cœur en secret s'y déploye.
Je conte mes plaisirs aux arbres des Forêts.
Ces confidens sourds & muets,
Iront-ils divulguer ma joye?
Et pour me soulager du poids de mes secrets,
Puis-je en choisir de plus discrets.
Je me croyois aimé, selon toute apparence
J'avois, du moins, de l'être un jour quelque esperance.

DORIMENE.

Ce faux espoir vous a trahi,
Guerissez-vous de votre erreur extrême;

Loin

Loin que *Sophilette* vous aime,
Mon pauvre *Lhidimès*, vous en êtes haï,
Mais je dis très-haï, je le repete encore.
LHIDIME'S.
J'en fuis haï, parce que je l'adore.
Quelle injuftice, ô Ciel !
DORIMENE.
Eft-ce un fi grand malheur ?
Marite-t'elle votre ardeur ?
Que feriez-vous d'une innocente ?
LHIDIME'S.
Elle n'eft que timide, effet de fa pudeur,
Et c'eft par-là qu'elle m'enchante.
Oüi, fa fimplicité, fa bonté, fa douceur,
M'étoient garands de mon bonheur.

Je croyois voir en elle une flamme naiffante ;
Qu'il eft doux de joüir des premices d'un cœur.

Son ame neuve encor, exempte de malice,
Des Bergeres du tems ignore l'artifice.
Du côté de l'efprit, il ne lui manque rien,
Je l'ai bien reconnu dans plus d'un entretien.
Quel thréfor que cette innocence !
Et quelle heureufe convenance,
Pour former entre-nous le plus parfait lien !
Je lui donnois un cœur auffi neuf que le fien.

Mais quel eft donc cer Art qu'elle m'impute à crime,
Qui la fait s'emporter par des éclats fi grands ?
DORIMENE.
L'Art de feduire fes Parens,
D'attirer trop bien leur eftime.
LHIDIME'S.
Me puniffent les Dieux, fi jufques à ce jour,
Je leur ai dit un mot de mon amour.

B

Je voulois par mes soins meriter de lui plaire
Avant d'en parler à son Pere.
Il n'appartient qu'à des Tyrans
De contraindre le cœur d'une jeune Bergere
Par le pouvoir de ses Parens.
Il faut que je me justifie
D'en avoir jamais eû l'envie.

Allons pour m'opposer à son cruel dessein
Embrasser les genoux de Candide sa Tante;
Ou si je voi qu'elle y consente,
A ses yeux me percer le sein.
DORIMENE, *le regardant aller.*
Bon ! ils ont pris tous deux un different chemin.

SCENE SIXIE'ME.

DORIS. DORIMENE.

DORIMENE.

HA ! te voilà, comment ? serois-tu déja lasse
De garder mon troupeau ?
DORIS.
Ho ! ne me gronde pas;
Mon Amant, l'obligeant Lycas,
Etant dans la plaine à la chasse
S'est offert de garder tes moutons en ma place.
Moi profitant de son secours,
Je suis venuë entendre en secret vos discours.
DORIMENE.
Tu sçais donc a present le sort de Sophilette.
DORIS.
Oüi, je viens d'écouter très-attentivement
Par quel art tu t'en est défaite,

Pour t'emparer de son Amant,
Et j'en suis immobile encor d'étonnement.

DORIMENE.

Que vois-tu donc-là qui t'étonne ?

DORIS.

Dorimene, tu n'est pas bonne,
souffre mon petit sentiment.

A Lhidimès enlever sa Maîtresse,
C'est déja lui joüer un assez mauvais tour.
Sophilette, d'ailleurs, pourra connêtre un jour
Quel est le doux trait qui la blesse.
Et quand tu lui fais prendre un parti sans retour,
En l'obligeant à devenir Prêtresse,
Ce trait va dans son cœur devenir un vautour,
Qui le déchirera sans cesse.

DORIMENE.

Ah ! pardonne l'effet d'un violent amour.
Je sens toute mon injustice
Dans la peine que je lui fais ;
Mais moi, si je perds Lhidimès,
Je sens aussi qu'il faut que je perisse.

Pour me plaire, autrefois, je crus lui voir des soins.
Cette favorable apparence
Fit naître en moi de l'esperance :
Je me flattai de l'engager du moins
Par ma longue perseverance ;
L'amour par cet espoir augmenté dans mon cœur
Est presque devenu fureur.

C'est moi qui l'aimai la premiere.
Avant que Sophilette eut paru le toucher,
Il occupa mon ame toute entiere.
Puis-je à present l'en arracher ?

L'amour de ma Rivale encor dans sa naissance,
S'éteindra par la moindre absence.

Le Temple est à son goût un séjour si charmant.
    Elle s'y plaît presque dès son enfance.
Elle y peut oublier Lhidimès aisément.

DORIS.

Hom ! Ce n'est pas ce que je pense ;
Car un premier amour tient long-tems dans le cœur.

DORIMENE, *avec chaleur.*

    Ne te prendroit-il point envie
    De la tirer de son erreur ?
    Ecoute, il y va de ma vie.

DORIS.

    Dorimene, tu me fais peur,
    Ne nous broüillons point, je te prie.
Sophilette, dis-tu, se plaira toûjours là ?
    Quant à moi, j'en serois ravie,
    Soit ; mais par malheur la voilà.

DORIMENE.

Ha ha ! que veut dire cela ?

SCENE SEPTIEME.

SOPHILETTE. DORIMENE. DORIS.

SOPHILETTE.

HElas ! ma chere Dorimene,
Vous me voyez au dernier desespoir.

DORIMENE.

Pourquoi, ma chere enfant ? quel malheur vous ramenne ?

SOPHILETTE.

Ah ! vous l'allez trop-tôt sçavoir.
Plus d'azile pour moi, plus d'appui, plus de Tante.
    Je viens d'apprendre au sortir de ce bois,
    Que déja depuis plus d'un mois
    De son Temple elle étoit absente,

DORIMENE.
Le sçavez-vous de bonne part?
SOPHILETTE.
Jugez-en. Je le sçai d'un homme à son service,
Qui dans un char l'a conduite à Larisse.
DORIMENE.
Quel important besoin a causé son départ?
SOPHILETTE.
La jeune Princesse Eriphile
Enchantée aussi fort que moi,
Au talisman de ma Tante ayant foi,
L'a fait venir de son Temple à la Ville.
Le sort qu'avoit jetté sur elle un Enchanteur,
Etoit d'une terrible espece.
Un desir de l'hymen qui consumoit son cœur,
Et qu'elle cachoit par pudeur,
Faisoit languir cette Princesse.

Ce mal, que ses Parents avoient ignoré tous,
Elle l'a découvert en secret à ma Tante,
Qui de son Talisman, en consultant son pouls,
Touchant la pauvre languissante,
Et lui faisant donner par la Princesse un Epoux,
A fait cesser le charme qui l'enchante.
DORIMENE.
Il n'est donc plus besoin qu'elle reste à la Cour,
Elle en va revenir.
SOPHILETTE.
Jusques à son retour,
Dans mon dessein toujours constante,
J'allois au Temple me cacher.
L'Enchanteur n'osera, disois-je, en approcher;
Mais en voyant de loin cette sainte retraite,
Une crainte, une horreur secrette,
A renversé tout d'un coup ma raison.
Mon perfide Enchanteur, par son Art detestable,
B iij

M'a rendu ce lieu formidable ;
J'ai crû m'aller mettre en prison.

DORIMENE.

Ah ! Ciel, quel charme épouvantable !

SOPHILETTE.

De mes plaisirs passez le souvenir charmant......

DORIMENE.

Ho ! je m'en doute bien, voilà l'enchantement.

SOPHILETTE.

Quoi j'abandonnerois mes compagnes fidelles ?
Et je pourrois quitter ces plaisirs ravissans,
Ces danses, ces jeux innocens,
Où je me mêlois avec elles ?
Que de moments heureux j'ai passé dans ce bois
Où je vis Lhidimès pour la premiere fois !

DORIMENE.

Cessez de regretter cette joye insipide.
Ah ! que Diane sous ses loix
Vous feroit bien goûter un plaisir plus solide
Près de votre chere Candide !

SOPHILETTE.

Mais jusqu'à son retour, exposée au pouvoir
Du persecuteur qui m'enchante,
Il me fera perir pendant qu'elle est absente.

DORIMENE.

Vous peririez sans doute, en voulant le revoir ;
Mais vous n'avez qu'à ne le pas vouloir.

SOPHILETTE.

A ne le pas vouloir ? & c'est ce qui m'afflige,
Je le veux toujours malgré moi.

DORIMENE.

Ah ! le cruel, fuyez, je l'apperçoi.

SOPHILETTE.

Fuir Lhidimès ! helas le puis-je,
Quand à demeurer il m'oblige ?

DORIMENE.

Hé ! de grace , Doris, emmene-la chez toi.

SCENE HUITIE'ME.

LHIDIME'S. DORIMENE.

LHIDIME'S , avec ardeur.

SOphilette eſt ici , je l'y ſçai revenue.
Avec vous en ce lieu , mes yeux l'ont apperçûe.
Un Amant reconnoît ſa Maîtreſſe de loin.
Ne me la cachez point , cruelle Dorimene.

DORIMENE.

Mon pauvre Lhidimès , qu'à ſuivre une inhumaine
  Vous perdez de pas & de ſoin !

Vous voyant d'auſſi loin , elle s'eſt miſe en fuite ,
  Et jamais ne courut ſi fort,
  Tant elle craignoit votre abord.
Hé ! croyez-moi, ceſſez une vaine pourſuite
Et laiſſez à jamais l'ingrate dans ſon tort.

LHIDIME'S.

Non non, pour m'arrêter je connois votre adreſſe.
  Les moments me ſont précieux.
Elle eſt dans ce canton, j'en dois croire mes yeux.

DORIMENE.

  Votre défiance me bleſſe.
Vous avez très-grand tort de ſoupçonner ma foi.
  Eh ! qui dans ces lieux plus que moi
  A votre répos s'intereſſe ?
Je vais vous l'enſeigner, croyez-en ma promeſſe ,
Je veux vous épargner un embarras nouveau.

LHIDIME'S.

Cherchons-la chez Doris, ſans doute elle y doit être ;
      B iiij

Car de loin avec vous j'ai crû la reconnoître.
DORIMENE.
Non, vous dis-je, elle a pris le chemin du hameau.
LHIDIME'S.
Vous me trompez, la chofe eft claire.
Du Temple j'ai couru la chercher chez fon Pere;
J'en reviens, je l'aurois rencontrée en chemin.
DORIMENE.
Quand je dis du hameau vous parlai-je du nôtre?
Non, elle a couru dans un autre
Qui de ce bois eft plus voifin.
Dans un inftant je vous y mene.
Mais du moins réprenez haleine,
Et raifonnons entre nous un moment.

Ca Lhidimès, il faut vous parler franchement
Voulez-vous vous tirer des fers d'une inhumaine
Qui vous méprife, qui vous haït;
Il n'eft pour cela qu'un fecret,
C'eft de former une autre chaine
Et de fuïr à jamais un fi farouche objet.

Je fçais une jeune Bergere
En qui, quand on n'eft pas comme vous entêté,
On peut trouver prefque autant de beauté
Qu'en celle qui vous defefpere.
Peut-être plus d'efprit, plus de vivacité
Ce qui vaut feul en verité
Que votre cœur la lui préfere.

Je vous parle envain, Lhidimès,
Ou mes confeils vous déplaifent fans doute.
LHIDIME'S *négligemment.*
Pardonnez-moi, je les écoute.
DORIMENE.
Répondez donc à mes fouhaits,
Demandez-moi du moins quelle eft cette Bergere

Qui mériteroit de vous plaire,
Faites un peu d'effort pour vous l'imaginer.
Hé quoi ? De cet effort votre ame eſt allarmée ?
Que la mienne ſeroit charmée
Si vous vouliez la deviner !

Mais non, votre bouche eſt muette.
Que ce ſilence eſt inhumain.
LHIDIME'S.
Allons où vous devez me montrer Sophilette,
Je pourrai deviner la Bergere en chemin.
DORIMENE.
Votre impatience eſt cruelle.
Vous ne cherchez qu'à fuïr qui peut vous ſoulager,
Dans un moment je vous rends auprès d'elle.
Encor un mot, écoutez-moi Berger

Sans eſprit on n'eſt jamais belle.
Lui ſeul donne de la beauté,
Et dans un cœur entretient ou rappelle
L'amour qui s'en eſt écarté.
Or, votre Sophilette, entre nous, en a-t-elle ?

Il en faut Lhidimès, ſans quoi l'amour languit
Et ſouvent s'éteint dans un ame.
Quand entre deux Amants ſon feu ſe réfroidit
Qu'un aimable entretien réveille bien leur flamme !
Avec une innocente, on s'eſt bien-tôt tout dit.

Encor un coup vous ne m'écoutez guere
LHIDIME'S.
C'eſt que je devinois tout bas votre Bergere,
Vous entendant parler d'eſprit ;
Car elle en a beaucoup ſans contredit,
Et tant, qu'avec bien moins on peut encor me plaire.
Je lui ſçai comme à vous, de plus, de très-beaux yeux.
Un air ſouvent très-vif, mais toûjours gracieux.
Un port noble & leger, une taille parfaite ;

Enfin pour plaire elle a tout ce que je souhaite,
Je ne puis m'empêcher déja de l'estimer.
Qu'elle me fasse voir au plutôt Sophilette ;
    Me voilà tout prêt à l'aimer.

DORIMENE.

J'entends là quelques mots dont je suis satisfaite.
    Poursuivez, vous devinez bien.

LHIDIME'S.

Oüi, mais partons, sinon, je ne devine rien.

SCENE NEUVIE'ME.

SOPHILETTE *seule, portant ses regards de tous côtez*
avec inquiétude.

Dorimene & lui, ce me semble,
    En ce lieu même étoient ensemble.
Lhidimès * paroissez. Il est sourd à ma voix.

Du verger de Doris je me suis échappée,
    Croyant le trouver dans ce bois ;
    Mais mon espérance est trompée,
    Mes pas, mes cris sont superflus,
    Il fuit, il ne me cherche plus.

J'esperois par mes pleurs fléchir ici son ame,
Lui rappellant pour moi sa premiere amitié,
Et tombant à ses pieds, exciter sa pitié
    A calmer l'ardeur qui m'enflamme ;
Non, il n'a pas le cœur assez dur, assez noir,
Pour se défendre encor contre mon desespoir.

  * Haussant sa voix.

SCENE DIXIE'ME.

DORIS accourant. SOPHILETTE.

DORIS.

JE vous cherche par tout ; qui peut donc, Sophilette,
A voir caufé votre fuite fecrette ?
Pourquoi de chez nous vous fauver ?
Tenez-moi compte de mon zele,
Je vous apporte une grande nouvelle
Candide en ce moment chez nous vient d'arriver.

SOPHILETTE.

Quoi ma Tante chez vous ?

DORIS.

Votre Tante elle-même.

SOPHILETTE.

Dois-je vous croire ?

DORIS.

Oüi s'il vous plaît.
A vous tromper ai-je quelque interêt ?

SOPHILETTE.

Mais n'eſt-ce point un ſtratagême
Pour m'empêcher de chercher Lhidimès ?

DORIS.

Vous en doutez encor ? Pour vous en rendre ſûre,
Sophilette ; je vous le jure
Par la divinité de l'auguſte Palès.
Hé bien, m'en croyez-vous ?

SOPHILETTE.

Candide eſt arrivée
C'en eſt fait ; ſa Niéce eſt ſauvée
Je ne crains plus l'enchantement.
Ah ma chere Doris, courons, que je l'embraſſe.

DORIS.

Je cours depuis long-temps, permettez-moi de grace
De reprendre haleine un moment.

SOPHILETTE.

Mais Candide chez-vous ? dites-moi donc comment.

DORIS.

La Princesse guerie, au Temple on la renvoye.
Toute la Cour au comble de la joye,
L'a chargée à l'envi des plus riches presens,
Qu'elle vient partager entre ses bons Parens.

En arrivant, elle s'est informée
De l'état de votre santé.
En détail j'ai tout raconté ;
Mais mon recit l'a beaucoup allarmée,
Me marquant aussi-tôt grand désir de vous voir.

SOPHILETTE.

En détail, dites-vous ? je suis au desespoir.
Elle sçait donc ma maladie.

DORIS.

Si l'on ne la lui fait sçavoir
Le moyen qu'elle y remedie ;
Elle est le seul secours que vous puissiez avoir.

SOPHILETTE.

Ah ! Doris, je prévoi ma prison éternelle.
Un froid saisissement vient me glacer le cœur.
Du Temple la secrette horreur
En cet instant s'y renouvelle.
Candide va d'ici m'y conduire avec elle,
Et m'y conduire pour jamais.

Je ne te verrai plus, malheureux Lhidimès !

DORIS.

Quoi vous le regrettez encore ?

SOPHILETTE.

Eh, suis-je maitresse de moi.
Malgré l'ennui qui me dévore,

Je sens si-tôt que je le voi
D'agréables desirs éclore.
Ce que je veux, moi-même je l'ignore.
Je souhaite à la fois & crains ma guérison.
Ah ma chere Doris, j'ai perdu la raison.

DORIS.

Il est donc tems de vous la rendre.
Scachez que Lhidimès n'est point un Enchanteur;
Candide vient de nous apprendre,
Qu'il est tout au contraire un très-sage Pasteur,
Qui craint les Dieux, aime l'honneur.
Elle doit même vous défendre
De le traiter avec trop de rigueur.
Si bien qu'à posseder desormais votre cœur
Je le vois en droit de prétendre.

SOPHILETTE.

Lhidimès n'est point Enchanteur?
Et je dois le traiter avec moins de rigueur,
Ah grands Dieux, que viens-je d'entendre!
Oüi rappellons pour lui toute mon amitié.
C'est bien ce que je me propose

DORIS.

Ce n'est pas assez de moitié,
Il faut l'aimer d'amour, c'est moi qui vous l'impose.

SOPHILETTE.

D'amour ou d'amitié, n'est-ce pas même chose?

DORIS.

A votre âge, peut-on confondre encor cela?
Quelle simplicité! quelle extrême ignorance!
La la, vous en sçaurez bientôt la difference,
Lhidimès vous l'expliquera.

SOPHILETTE.

Révien, mon cher Berger, appaise ta colere.
Oublie à jamais le passé.
Hélas! osera-t-il retourner chez mon Pere?
Je l'ai tantôt trop offensé,

Ce souvenir me desespere.

DORIS.

Consolez-vous, je l'apperçoi.
Je dois vous quitter ce me semble,
Pour vous racommoder ensemble
Vous n'avez pas besoin de moi.

SCENE ONZIE'ME

SOPHILETTE *honteuse.* LHIDIME'S *timide.*

LHIDIME'S.

JE tremble, divine Bergere.
Puis-je encor approcher de vous ?

SOPHILETTE.

Oüi, Lhidimès

LHIDIME'S.

Je crains de vous déplaire.

SOPHILETTE.

J'oublie aisément mon courroux.

LHIDIME'S.

Vous m'avez fait la sévére défense
De m'offrir jamais à vos yeux ;
Me pardonneriez-vous ma desobéïssance ?

SOPHILETTE.

Oüi Lhidimès.

LHIDIME'S.

J'en rends graces aux Dieux.
J'ai pensé qu'y venir prouver mon innocence
N'étoit pas vous faire une offense.

SOPHILETTE.

Point du tout.

LHIDIME'S.

Après quoi j'abandonne ces lieux
Pour vous y délivrer d'un objet odieux.

SOPHILETTE.

Mais....vous ne me l'êtes plus guére.

LHIDIME'S.

Pourriez-vous m'y voir fans colere,
Et m'y fouffrir de loin adorer vos appas ?

SOPHILETTE.

Mais....déja je vous vois, & je ne vous fuis pas.

LHIDIMES.

Ah qu'entens-je ! le Ciel me feroit-il propice ?
Sophilette, parlez.

SOPHILETTE.

Mais....je n'ofe.

LHIDIME'S.

Eh pourquoi ?

SOPHILETTE.

Je vous ai fait une injuftice.

LHIDIME'S.

Ah ! divine Bergere, une injuftice ? A moi ?
Eh ! fur quoi m'en pouvez-vous faire ?
Suis-je digne de vos attraits ?

SOPHILETTE.

J'ai merité votre colere,
Je m'en repens...j'en rougis....& me tais.

LHIDIME'S.

Ah ! parlez, il y va du répos de ma vie,
De grace, expliquez-moi cet heureux répentir.

SOPHILETTE.

Ce que depuis long-tems vous me faites fentir,
Je le croyois...

LHIDIME'S.

Eh quoi ?

SOPHILETTE.

L'effet de la Magie.

LHIDIME'S.

Mais comment ?

SOPHILETTE.

Puis-je mieux expliquer mon erreur ?
Je vous croyois vous dis-je….

LHIDIMES.

Hé bien.

SOPHILETTE.

Un Enchanteur.

LHIDIMES.

Ah ! que mon ame en est ravie,
Et que ce mot flatte mon cœur !

Mais encor, sur quoi, je vous prie ;
Fondiez-vous ma Sorcellerie ?

SOPHILETTE.

Sur ce que depuis qu'en ce bois
Je vous ai vû pour la premiere fois
Mon ame est sans cesse agitée
De troubles, de chagrins & de soupçons jaloux,
Et que des maux dont elle est tourmentée
Je ne puis accuser que vous.

LHIDIMES.

Reconnoissez enfin ma peine dans la vôtre,
Vous êtes enchantée, & vous en jugez bien.
C'est du même Magicien
Que nous sentons le pouvoir l'un & l'autre ;
C'est l'Amour qui nous a charmez,
Je vous adore, & vous m'aimez.

SOPHILETTE.

Est-ce ainsi qu'on est quand on aime ?
Achevez de bannir mon ignorance extrême.
D'où vient qu'en aimant mes Parents
J'ai des mouvements differents ?
Et qu'eux-mêmes dans leur tendresse
N'éprouvent jamais de tristesse
Et paroissent toûjours tranquilles & contents.

LHIDIMES.

LHIDIME'S.

C'eſt que pour eux ce que reſſent votre ame
Ne paſſe point juſqu'à vos ſens ;
Et que pour moi votre naiſſante flamme
Inſpire des deſirs plus vifs & plus preſſants.

C'eſt que de leur ardeur, qu'ils ſçavent mutuelle,
Ils s'entretiennent nuit & jour,
Et que par là, ſans ceſſe elle ſe renouvelle.
Voilà ce que c'eſt que l'amour.

O, favorable Dieu ! je commence à connêtre
De quelle ame tu me rends maître.
Un torrent de plaiſirs vient d'innonder mon cœur.
Cette heureuſe & rare innocence
Eſt une juſte récompenſe
De ma pure & ſincere ardeur.
Puis-je ſuffire à mon bonheur.

SOPHILETTE.

Dans cet inſtant mon eſprit s'ouvre.
Je connois, & je ſens ce que c'eſt que l'amour.
Juſqu'au fond de mon cœur il a porté le jour.
Que de plaiſirs ! que de biens j'y découvre ;
Expliquons-nous ſes effets tour à tour.

Heureux moment où je connois que j'aime !
Et ce qui met le comble à mon bonheur extrême,
Que je n'aime pas ſans retour.

LHIDIME'S.
Quoi, vous m'aimez enfin, ma chere Sophilette ?

SOPHILETTE.
En doutez-vous encor, mon aimable Enchanteur ?

LHIDIME'S.
Dites-moi donc ce mot ſi doux & ſi flatteur.
Qu'un je vous aime hélas ! charmeroit ma tendreſſe !
Vous ne l'avez pas encor dit.
Pardonnez ce reproche à ma délicateſſe.

C

SOPHILETTE.

Quand je vous ai fait le récit
De cette espece de délire,
De ce trouble du cœur qu'ignoroit mon esprit,
Trop neuf encor dans l'amoureux Empire,
N'etoit-ce pas assez le dire ?

LHIDIMÉS.

Non, si vous ne le prononcez,
Ce mot, le seul garant de mon bonheur extrême ;
Ce ne sera jamais assez.

SOPHILETTE.

Oüi, je vous aime, je vous aime.
Ah ! puissiez-vous m'aimer de même.

Hé bien ? De mon amour êtes-vous plus certain ?

LHIDIMÉS.

Souffrez donc, pour le Sceau d'une éternelle flamme ;
Que l'heureux Lhidimès sur votre belle main
Puisse épancher toute son ame.

SOPHILETTE.

Pour augmenter encor si je puis votre ardeur,
Je vous donne à la fois & ma main, & mon cœur.

SCENE DOUZIE'ME

DORIS. SOPHILETTE. LHIDIMÉS,

SOPHILETTE *courant embrasser Doris.*

AH ! ma chere Doris, que mon ame est changée !
Je ne veux plus guerir de mon enchantement.

DORIS.

Je vous en fais mon compliment.
Mais apprenez, de plus, que vous êtes vangée.

SOPHILETTE.

Qui, moi vangée ? Ah Ciel ! de qui donc ? Et comment ?

DORIS.

De la perfide Dorimene,
Qui vouloit aujourd'hui vous ravir votre Amant ;
Et qui vient de souffrir la peine
D'entendre ici secretement
Tout votre racommodement.

LHIDIMÉS.

Comment le sçavez-vous ?

DORIS.

Je viens de l'y surprendre
Vous écoutant, & vous allez entendre
L'effet qu'a produit dans son cœur
La fin d'un entretien si tendre.
Par cet heureux moment qui vous a réunis
Voyant tous ses desseins avortez & punis ;

Amour, cruel amour, Dieu plein de barbarie,
(S'est-elle écriée en furie,)
De mon cœur j'arrache tes trais,
Et renonce à tes feux comme à la Bergerie.

Et vous, Déesse des Forêts,
A mes pleurs soyez attendrie,
Guerissez-moi des maux que me fait Lhidimès ;
Dans votre saint Temple à jamais
Je vais vous consacrer ma vie.
Et zeste. La voilà partie

SOPHILETTE.

Ah ! j'ai pitié de sa douleur,
Et malgré cette perfidie,
Puisqu'elle s'en est repentie,
J'engagerai Candide à consoler son cœur.

DORIS.

Votre famille satisfaite
De sçavoir de vos cœurs l'union si parfaite,
En vient ici serrer les nœuds.
Tout le hameau charmé comme elle

En apprenant l'agréable nouvelle
De votre enchantement heureux
Par des chanſons & par des jeux
Pour vous & Lhidimès vient témoigner ſon zèle.

SCENE DERNIERE.

Tous les Acteurs, hors Dorimene. Les parens de Sophilette, ſuivis de tous les habitans de ſon hameau font le divertiſſement.

　　SOPHILETTE chante ſeule les paroles ſuivantes.
DE'eſſe de la nuit, favorable aux Amants,
Hecate, qui regnez ſur les enchantements,
L'aimable Endimion vous enchanta vous-même.

　　Lhidimès eſt-il moins charmant ?
C'eſt par vous que j'ai ſçu qu'il m'aimoit tendrement,
　　C'eſt vous qui voulez que je l'aime.

O N   D A N S E.

Vaudeville.

UN   B E R G E R.
L'amour eſt des Enchanteurs
　　Le plus rédoutable,
Le piége qu'il tend aux cœurs
　　Eſt inévitable.

Du charme de deux beaux yeux
　　La force infinie
A ſoumis juſques aux Dieux
　　Tout cede à leur Magie.
UNE   B E R G E R E.
Un Berger jeune & bienfait
　　Amuſant & tendre,

Au bonheur le plus parfait
    Peut un jour s'attendre.

L'Art du plus grand Enchanteur
    De la Theffalie
Pour charmer un jeune cœur
    Ne vaut pas fa Magie.
        UN BERGER.
A la ville pour charmer
    L'Art eft neceffaire.
Ici pour fe faire aimer
    C'eft affez de plaire.

Sans trop de rafinement,
    Quand on eft jolie,
Aimer bien fidellement,
    C'eft la bonne Magie.
        UNE BERGERE.
Un trop langoureux Amant
    Ne me touche guere.
Ce n'eft que par l'enjoûment
    Que l'on fçait me plaire.

Le ton plaintif ou grondeur
    De la jaloufie,
Me fait prefque autant de peur
    Que la noire Magie.
        UN BERGER.
On foupçonne nos Pafteurs
    De Sorcellerie ;
Mais ils ne font Enchanteurs
    Qu'en galanterie

Sçavoir faifir le moment
    Où l'ame attendrie
Ne combat que foiblement,
    C'eft toute leur Magie.

UNE BERGERE *prude.*
Il est pour charmer un cœur
    Plus d'une sortilege,
Un fin dehors de pudeur
    Est souvent un piege.

Pousser de tendres soûpirs
    Avec modestie,
Pour irriter les desirs,
    C'est la fine Magie.
UNE BERGERE *coquette.*
Un air tendre & gracieux
    Enchante & desarme.
Quelques doux signes des yeux,
    Redoublent le charme.

Avec cet air promettant
    Qui flatte & convie,
Ne rien accorder pourtant,
    C'est la sure Magie.
        Dernier couplet.
Voici l'instant où l'Auteur
    Attend sa sentence.
Il sent palpitter son cœur,
    Sa fiévre commence.

Plaire à quelques-uns de vous
    Borne son envie ;
Car vous satisfaire tous,
    Le peut-on sans Magie.

Fin de la Piéce.

Voici comme je l'avois finie en premier lieu, avec la Scene de la Tante, que l'on a rétranchée toute entiere. Apres ces quatre vers de la neuviéme Scene, commençoit la Scene de la Tante.

DORIS *à Sophilette.*

Consolez-vous, je vois votre sage Prêtresse
Qui vient ici vous secourir,
Et votre mal n'est pas de si maligne espece
Qu'elle ne puisse le guerir.

SCENE DIXIE'ME.

CANDIDE. SOPHILETTE. DORIS.

CANDIDE.

Venez, embrassez-moi, ma chere Sophilette.

SOPHILETTE.

Que je sens de plaisir, ma Tante, à vous revoir !
Vous voilà, grace aux Dieux, d'une santé parfaite.

CANDIDE.

Ma Niéce, je vous la souhaite ;
Vous en avez besoin, je viens de le sçavoir.
L'aimable Doris elle-même
Sur votre enchantement m'a déja tout appris,
Dont mon esprit d'abord est resté très-surpris,
J'en sens une douleur extrême.

SOPHILETTE.

Ah Ciel ! votre douleur augmente mon effroi.
Ma chere Tante ayez pitié de moi.
Ma guerison vous est facile ;
Vos bontez autrefois ont conservé mes jours
En me tirant des piéges d'Hermiphile,
Ne me refusez pas aujourd'hui du secours.

CANDIDE.

Il faut donc que d'abord votre bouche m'expose
Comment vous a pris votre mal.
Doris pourroit avoir oublié quelque chose,
Et peut-être le principal.
Où le sentés-vous, dans la tête ?

C iiij

SOPHILETTE.

Non, ma Tante, c'est dans le cœur,
J'y sens une douce chaleur,
Un battement fort vif, qui jamais ne s'arrête
Tant que je suis devant mon Enchanteur.

Pendant son absence, à toute heure
Je suis mal contente de moi.
Je rêve, je soupire, & quelquefois je pleure,
Et ne puis deviner pourquoi.

CANDIDE.

C'est Lhidimès, dit-on, qui vous enchante?
Hé bien, il faut déformais l'éviter.
Venez vivre avec votre Tante.
Dans le Temple il n'est rien pour vous à redouter.
Vous vouliez autrefois y passer votre vie,
Votre inclination sembloit vous y porter.

SOPHILETTE.

Hélas! que ne l'ai-je suivie!
Jugez de quelle force il a pû m'enchanter,
Par lui j'en ai perdu l'envie.
Votre Temple à présent est pour moi sans appas,
J'y courois, il ma fait revenir sur mes pas.

CANDIDE.

Ho ho! l'enchantement est d'une force extrême,
Et mon Talisman seul pourra vous secourir.
Faites le lui toucher, il le fera mourir.

SOPHILETTE.

Ah! j'aime mieux cent fois ne plus vivre moi-même,
Non, je n'ai pas le cœur de le faire périr.
Mais Diane à vos vœux toujours si favorable
Ne voudroit-elle point plutôt le convertir?
L'inspirer? Lui faire sentir,
En quittant son Art détestable,
Combien il deviendroit aimable?
Ah! pour peu qu'à ses yeux eut paru Lhidimès

Elle exauceroit vos souhaits.

CANDIDE.

N'auroit-il point trouvé le secret de vous plaire ?

SOPHILETTE.

Il est vrai qu'autrefois je l'aimois comme un Frere ;
Mais à présent, ma Tante, ah ! combien je le hais !

CANDIDE.

Vous ne le haïrez plus guere.
Vous allez de Diane éprouver les bienfaits.

Ecoutez ce qu'ici m'inspire la Déesse.
Elle a vû Lhidimès, vos vœux sont exaucez.
Par la bouche de sa Prêtresse,
Apprennez qu'il n'est pas tel que vous le pensez.
Cessez desormais de le craindre.
Il ne fut jamais Enchanteur.
Il craint les Dieux, aime l'honneur,
On n'a vû personne s'en plaindre,
Traitez-les desormais avec plus de douceur.
Il honore la Bergerie.
Je vais sur votre mal consulter vos Parents.
Qui de sa probité vous seront les garents.
Adieu. Restez ici, vous y serez guerie.

SCENE ONZIE'ME.

SOPHILETTE. DORIS.

SOPHILETTE.

L Hidimès n'est point Enchanteur ?
Et je dois le traiter avec plus de douceur ?
Ah ! Doris, que c'est bien ce que je me propose !
Oüi, rappellons pour lui toute notre amitié.

DORIS.

Ce n'est pas assez de moitié,

il faut l'aimer d'amour, c'est moi qui vous l'impose.
SOPHILETTE.
D'amour ou d'amitié, n'est-ce pas même chose ?
DORIS.
A votre âge, peut-on confondre encor cela ?
Quelle simplicité ! Quelle extrême ignorance !
La la, vous en sçaurez bientôt la difference,
　　Lhidimès vous l'expliquera.
SOPHILETTE.
Revien, mon cher Berger, appaise ta colere.
　　Oublie à jamais le passé,
Hélas ! osera-t-il retourner chez mon Pere ?
　　Je l'ai tantôt trop offensé,
　　Ce souvenir me desespere.
DORIS.
　　Consolez-vous, je l'apperçoi,
　　Je dois vous quitter ce me semble.
　　Pour vous racommoder ensemble
　　Vous n'avez pas besoin de moi.
SOPHILETTE.
Il revient à grands pas ; il est faché, je tremble.
DORIS.
　　Si vous en ayez encor peur,
Cachez-vous, écoutez ce qu'il a dans le cœur.

SCENE DOUZIE'ME.

LHIDIME'S *seul d'abord.* SOPHILETTE *à part.*

LHIDIME'S.
L'Insupportable Dorimene
　　M'a fait faire une course vaine,
Je m'en suis d'abord defié.
J'aurois trouvé sans doute en ces lieux Sophilette.
　　Je me serois justifié.

Ah! malheureux! quelle faute ai-je faite!
Fini la rigueur de mon fort,
Amour, fai-moi trouver ma Bergere ou la mort.

D'un doux preſſentiment je me ſens l'ame émûë.
L'amour plus favorable entendroit-il ma voix?
Sophilette s'offre à ma vûë!
Ah! Dieu charmant, je te la dois.

Ici eſt la Scene de leur racommodement, à la fin duquel Dorimene arrive & les écoute quelque tems en ſecret, & finit par une imprécation qui met bien du jeu dans la Scene.

SCENE TREIZIE'ME.

DORIMENE. SOPHILETTE. LHIDIME'S.

SOPHILETTE *courant embraſſer Dorimene.*

QUe tu viens à propos, ma chere Dorimene.
Sois témoin du bonheur de deux parfaits Amants.
Dorimene la repouſſe.
Pourquoi te dérober à mes embraſſements?
DORIMENE *en fureur.*
Evite mon courroux, digne objet de ma haïne.
Et toi, qui me devois ton cœur
Tremble, cruel, crain ma juſte fureur.
Berger ſans goût qui me préferes
La plus ſotte de nos Bergeres.
As-tu crû m'offenſer, barbare, impunément?
Après un ſi ſanglant outrage,
Livrons toute mon ame aux tranſports de la rage.
Perfide, je ſçaurai me vanger pleinement.

Oüi, je vais dans ton cœur éteindre ta tendreſſe.
Des eſprits y troubler le cours.

Et d'un Art tout puiſſant empruntant le ſecours ;
Oppoſer un obſtacle à l'ardeur qui te preſſe.
       Empoiſonner en ſecret tes amours.
Enfin, pour mieux troubler le repos de tes jours ;
Du mépris de mes feux ardente vangereſſe,
Par Hecatte ! je vais me faire Enchantereſſe.

SCENE QUATORZIE'ME.

SOPHILETTE. LHIDIME'S.

LHIDIME'S.

N E vous allarmez point de ſon emportement
     Le Taliſman de la ſage Candide
       La fait trembler en ce moment.
SOPHILETTE.
     Ho, j'ai ceſſé d'être timide,
     Le courage augmente en aimant ;
Et l'on ſe ſent bien forte auprès de ſon Amant.

     Je l'apperçoi, ma ſage Tante.
Elle m'avoit promis ici ma gueriſon ;
Mais jamais de mon mal je ne fus ſi contente ;
     Elle y viendroit hors de ſaiſon.

SCENE DERNIERE.

CANDIDE. SOPHILETTE. LHIDIME'S.
    DORIS. *Les Parens de Sophilette & les habitans de ſon*
   hameau.

CANDIDE.
C Raignez moins votre maladie,
Ma Niéce vos Parens viennent vous ſecourir.

SOPHILETTE

Ma Tante, je les remercie,
Car bien loin d'en vouloir guerir
Je veux la conserver le reste de ma vie.

CANDIDE.

Vous ferez bien, j'en suis ravie,
De pareils Enchanteurs ne font jamais mourir

Notre famille satisfaite, &c.

Le reste comme ci-devant.

J'AY lû par ordre de Monseigneur le Garde des Sceaux, la Comédie de *la Magie de l'Amour*, & j'ai cru qu'on pouvoit en permettre l'impression. A Paris le 20 Mai 1735.

MAUNOIR.

RODOPE,

OU

L'OPERA PERDU.

COMEDIE-BALLET.

AVERTISSEMENT.

ON n'a jamais contesté au Théatre de l'Opera, le droit d'embellir les objets qu'il offre aux yeux. Le Dieu Pan, le Centaure, le Ciclope Poliphème, les Syrenes, la vieille Cybele, y perdent la difformité que les Fables leur donnent ; pourquoi celle d'Esope, aussi fabuleuse que la leur, n'auroit-elle pas le privilege d'y disparoître, ou du moins, d'y être un peu adoucie.

Il est fâcheux que dix-sept ou dix-huit Siécles après celui auquel Esope a vécu, un Moine Grec, Editeur de son Ouvrage, dans son histoire qu'il mit au-devant, se soit avisé d'en faire un monstre, & cela, de sa seule autorité ; puisque de tous ceux qui en ont parlé avant lui, & qui plus près de son tems devoient être mieux informez, aucun n'a fait mention de sa laideur prétendue, & qu'au contraire, dans un Fragment d'un très-ancien manuscrit grec de sa vie, on le trouve dépeint d'une forme toute differente, & avec tous les agrémens capables de le faire aimer. On y lit même qu'il devoit son nom à la vivacité de ses yeux.

Ces faits se trouvent parfaitement établis, dans une nouvelle Vie d'Esope, que Monsieur de Meziriac, Critique du premier ordre, a donnée au Public dans ces derniers tems, & qu'il a écrite sur les mémoires les plus sûrs ; où l'on peut dire qu'il en porte la preuve jusqu'à la derniere évidence ; puisqu'on ne peut opposer aux témoignages les plus authentiques que le ridicule Roman de Planude.

On ne peut douter que ce ne fut un spectacle agréable au Public, que de lui faire voir comment un Philosophe maître de lui-même, mais né tendre & délicat, combat les impressions que font sur lui les charmes & l'adresse

D

d'une coquette habile, que le penchant & le dépit animent à triompher de sa raison, s'il étoit permis de le lui offrir tel qu'il fut réellement ; mais l'opinion de sa laideur est trop fortement établie pour s'en écarter beaucoup, sans risquer de le faire méconnoître.

Cependant, pour ne pas perdre tout-à-fait un sujet si avantageux & si singulier, on a cru qu'il y avoit un milieu raisonnable à prendre entre la fable & la verité, & c'est ce que l'on s'est efforcé de faire ici.

On a exprimé la laideur dans des vers qui ne blessent point la vûë. Et comme heureusement il est en voyage, où l'on permettoit aux Esclaves de porter des manteaux contre les injures de l'air, on lui en a donné un qui cache ses défauts, sous lequel on en peut faire un peu paroître, sans que cela le rende fort different du reste des hommes.

On l'a déja vu sans répugnance sur le Théatre de la Comedie Françoise, d'une figure moins defectueuse & plus supportable que celle que Planude lui donne, quoique dans un âge avancé, & vêtu de couleur triste, comme il convenoit à un vieux Philosophe. Ici, il ne fait que sortir de sa jeunesse & par consequent doit paroître plus agréable. Il est de plus orné de la livrée magnifique d'un riche maître, dont il paroît moins l'Esclave que l'ami & le confident, ce qui adoucit beaucoup les défauts qu'on lui laissera. Tout cela joint à la réputation de son esprit, & à la sagesse avec laquelle on le voit résister aux artifices de Rodope, prévient en sa faveur, & rend plausible la passion qu'elle a pour lui, d'autant plus que l'estime generale que s'est acquis son Amant l'honore elle-même.

Mais qu'est-il besoin de chercher de la vrai-semblance où la verité du fait est si connuë. L'histoire ne nous assure-t-elle pas que Rodope, dans sa premiere jeunesse aima parfaitement Esope. La bizarrerie de son choix disparoît, quand on fait attention à l'impression que laisse dans l'ame un premier amour, à la tyrannie d'une vanité qui avoit pris chez elle la place presque entiere des goûts & des penchants, & à la gloire qu'elle se promettoit d'un choix si Philosophique.

Quelques critiques se sont imaginé que la morale de ce Ballet pourroit ennuyer les Dames, accoutumées à en trouver de differents à l'Opera; mais il y en a assez de cette derniere espece dans les deux premiers Actes, & le dernier est rempli de sentiments assez beaux & assez touchants pour les interesser du moins autant que d'insipides amourettes. C'est leur faire injure de penser d'elles qu'un peu de vertu leur déplaise ici. La Tragedie de Jephté qu'elles ont vûe avec tant de plaisir prouve bien que le Pathetique à un droit acquis sur leur cœur, & la résipiscence de cette même Rodope, dans la Comedie d'Esope à la Cour, ne leur a-t-elle pas fait verser des larmes de joye?

PERSONNAGES DU PROLOGUE.

MINERVE.
LA FABLE, *Personnifiée sous la figure d'une jeune Déesse, fille de Minerve.*
LES MUSES.
MOMUS.
SUITE DES MUSES, *c'est-à-dire les Poëtes celebres.*
SUITE DE MINERVE, *les Vertus & les Sages.*
SUITE DE MOMUS, *les Ris, les Jeux, & les Graces badines.*

ACTEURS DE LA PIECE.

RODOPE, *coquette célebre.*
XANTUS, *Philosophe.*
ESOPE.
CLOE', *suivante de Rodope.*
ARBATTE, *Pilotte de Xantus.*
Troupe d'Esclaves, Bergers ou Jardiniers de Rodope.
Une Grande Prêtresse du Temple de l'Amour, suivie de plusieurs autres Prêtresses.
Sacrificateurs des Divinitez adorées à Memphis.
Troupe du Peuple.
Les Amants & les Rivales de Rodope.
Troupe de Matelots & de leurs Maîtresses.

La Scene est dans les Jardins de Rodope, près de Memphis.

LA FABLE.

PROLOGUE.

La Scene repréſente un des boſquets du Par‑
naſſe, formé de Lauriers, dont les troncs ſont
entourez de feſtons d'immortelle, & chargez
ſur le devant d'inſtrumens de muſique. On
voit dans l'éloignement Pegaſe qui prend ſon
vol du haut de la montagne.

SCENE PREMIERE.

A l'ouverture de la Scene, les Muſes, à la tête
deſquelles eſt Calliope, paroiſſent rangées des
deux côtez du Théatre. Les Poëtes célebres ſont
au-deſſous d'elles, couronnez de lauriers. Minerve
entre d'un côté, tenant la Fable par la main,
perſonnifiée ſous la forme d'une jeune fille. Elles
ſont ſuivies des Vertus & des Sages. De l'autre
côté entre Momus accompagné des Ris, des Jeux,
& des Graces badines.

MOMUS,

CHantez, chantez divines Sœurs,
Minerve à vos concerts aujourd'hui s'intereſſe.

D iij

PROLOGUE.

Inspirez de votre Art les charmantes douceurs
    Au digne objet de sa tendresse.
Par vos chants, par vos soins, meritez ses faveurs.

LE CHOEUR.

    Chantons, chantons divines Sœurs, &c.

MINERVE.

    La Fable me doit sa naissance.
J'ai fait pour la produire un effort glorieux ;
Tel que le fit pour moi, le Souverain des Dieux.
    Momus éleva son enfance,
Aux mortels ici bas elle chante mes loix.
Calliope, reglez les accents de sa voix.

CALLIOPE *à Minerve.*

A vos divins conseils notre douce harmonie
    Peut ajouter des charmes tout puissants.
        A la Fable.
Donnez-nous un essai de votre heureux génie,
Prêtez à la Raison vos aimables accents.

LA FABLE *chante une Fable.*

Une jeune Beauté d'un air un peu sévere,
    Toûjours dans un simple ornement,
D'esprit tranquille & doux, sans trop d'ardeur de plaire,
    Quoiqu'aimable, tendre & sincere
Inspiroit peu d'amour au cœur de son Amant.

Une Fête à ses yeux l'offrit vive & brillante,
Des plus charmants transports l'Amant fut agité :
    En quittant son austerité
    La Sagesse ainsi nous enchante.

MOMUS *à la suite de Minerve.*

    Fieres Vertus, mêlez-vous à nos jeux,
    Devenez moins sauvages.
    Animez-vous séveres Sages ;
Que de vos fronts tristes & ténébreux
Les Graces déformais dissipent les nuages.

MINERVE.

Qu'ici bas tout chante mes loix.

Qu'un menſonge permis, une innocente adreſſe
Faſſe naître en tous lieux mille nouvelles voix.
Sur les foibles mortels répandons à la fois
La joye & la ſageſſe.

LE CHOEUR.

Qu'ici bas tout chante mes loix, &c.

La ſuite de Momus inſpire de la joye en danſant à celle de la Sageſſe. Deux Graces badines, par exemple, vont prendre un vieux Sage, & l'animent par degrès juſqu'à une joye extrême. Les Ris & les Jeux font de même avec les Vertus. A la fin du Divertiſſement, Minerve ſe leve de ſa place pour partir, & dit à la Fable & à Momus le vers ſuivant.

MINERVE.

Je m'éloigne à regret de ces lieux enchantez.

CALLIOPE & LA FABLE *enſemble.*

Quoi, Déeſſe, vous nous quittez?

MINERVE *à la Fable.*

Un preſſant interêt m'engage
A me rendre en ce jour près des mûrs de Memphis;
J'y vais joüir du triomphe d'un ſage
Le plus cher de vos favoris.

SCENE DEUXIE'ME.

Les Acteurs précedents, hors Minerve.

MOMUS.

DE Minerve en ces lieux la ſévere préſence
A contraint les oiſeaux, ſous ces ombrages verds
A garder ſur leurs feux un pénible ſilence.
Pour diſſiper l'ennui qu'y cauſe ſon abſence,
Muſe, rendez nous leur concerts.

D iiij

CALLIOPE.

Doux Roſſignols, ranimez nos boccages,
Par les tendres récits de vos feux innocents
Revenez-y charmer nos ſens,
Chantez, chantez, redoublez vos ramages.
L'Orqueſtre exprime ici un concert d'Oiſeaux.

Le Dieu d'amour ſur ces riants fueillages
Fait goûter à vos cœurs cent plaiſirs raviſſants.
Vos deſirs amoureux ſans ceſſe renaiſſants,
De ſa faveur ſont pour vous d'heureux gages,
Comblé de ſes bienfaits rendez-lui vos hommages,
Par vos plus aimables accents.
Chantez, chantez, redoublez vos ramages.

Autre petit concert d'Oiſeaux.

LA FABLE.

Permettons au Dieu des Amours
D'inſpirer dans nos jeux de legitimes flammes ;
La vertu même emprunte ſon ſecours
Pour embellir nos ames.

CALLIOPE & LA FABLE *enſemble.*

Tendre Amour, exauce nos vœux,
Vole, viens animer nos fêtes
Inſtrui-nous par un choix heureux
A faire de ſages conquêtes.

MOMUS.

Que la joye anime vos pas,
Regnez plaiſirs, regnez dans nos ſacrez bocages.
S'il eſt des temps pour être ſages,
Il en eſt pour ne l'être pas.

Le Chœur repette ces quatre derniers vers pendant qu'on danſe.

FIN DU PROLOGUE.

RODOPE,

OU

L'OPERÀ PERDU.

COMEDIE-BALLET.

La Scene est dans les Jardins de Rodope près de Memphis. Son Palais se decouvre dans le lointain, au-delà duquel s'éleve la Pyramide qui porte encore aujourd'hui son nom.

PREMIER ACTE.

SCENE PREMIERE.

ESOPE seul.

Vitons, évitons, dans ce fatal séjour
Le dangereux objet de mon premier amour.
Xantus dans ces jardins m'ordonne de l'attendre,
Esclave malheureux ai-je pû m'en deffendre ?
O Ciel ! à quel danger m'exposai-je en ce jour ?

Sois satisfait de ma longue foiblesse,
Dieu des Amants, laisse-moi respirer ;
Je t'abandonnai ma jeunesse,
N'est-il pas temps pour moi de ne plus soupirer ?

Belle Rodope, hélas ! puis-je revoir vos charmes,
Et ne pas retomber dans mon égarement ?

Esope fait ici un mouvement de frayeur, troublé par l'arrivée de Xantus qu'il prend pour Rodope.

Tout l'offre à mes regards ; Xantus en ce moment
Lui-même a causé mes allarmes.

SCENE DEUXIE'ME.

XANTUS. ESOPE.

Xantus s'avance lentement, admirant la beauté du lieu.

XANTUS.

Tout enchante mes sens dans ces aimables lieux.

J'y voi de toutes parts un Art ingénieux
Embellir la nature.
La lumiere du jour y semble être plus pure.
Flore y fait respirer un air délicieux.

Tout enchante mes sens dans ces aimables lieux.
ESOPE.
Rodope tient ici son redoutable Empire,
Fuyez, dérobez-vous au pouvoir de ses yeux.
Ce jour si beau, ce lieu si gracieux,
Cet air si doux qu'on y respire,
Contre votre cœur tout conspire.
XANTUS.
J'y crains peu de ses yeux le frivole pouvoir.
Nous partons de Memphis, Esope, il faut la voir.

ESOPE.

Votre empreſſement m'inquiette.
Pour vous épargner des ſoûpirs,
Profitez d'une chanſonnette
Que j'adreſſe en ces lieux au Rival des Zephirs

Volage Amant des fleurs que le Printemps ranime,
Imprudent Papillon, fui l'éclat du flambeau,
Vole loin d'un objet qui te paroît trop beau ;
D'un deſir curieux ne ſois point la victime,
Il te précipite au tombeau.

XANTUS.

Si le flambeau de l'Amour eſt à craindre,
C'eſt pour des cœurs trop prompts à s'enflammer ;

Mais où la Raiſon ſçait l'éteindre
Son feu ne doit point allarmer.

ESOPE.

Un jour aſſis ſur le rivage,
D'agréables Zephirs, un calme plein d'appas,
Tout m'inſpiroit des deſirs de voyage ;
Un Alçion vint me dire tout bas,
Loin de tes yeux j'apperçois un orage,
Malheureux, ne t'embarque pas.

C'étoit de mon amour le funeſte préſage.

Avec Rodope, au Printemps de mon âge,
Plein d'un eſpoir flatteur mon cœur s'eſt embarqué ;
L'orage ne m'a pas manqué ;
A peine ſuis-je encor échappé du naufrage.

XANTUS.

Ton cœur fut aiſément charmé
Dans un âge plein de foibleſſe.

ESOPE.

Tout âge eſt encor la jeuneſſe
Pour un cœur qui n'a point aimé ;

Mais fuyons , je la voi parêtre.
XANTUS.
Sans m'expofer de près ,
Je veux pouvoir du moins juger de fes attraits.
ESOPE.
Ah ! c'eft vouloir l'aimer que vouloir la connêtre.

SCENE TROISIE'ME.

RODOPE. CLOE'.

Rodope en entrant , s'appetçoit qu'Efope l'évite. Elle en marque
du dépit , le fuivant d'un œil courroucé tant qu'il paroît. Xan-
tus fe retire fous les arbres qui bordent le lieu , & reparoît en-
fuite , fe promenant au fond du Théatre , & s'aprochant in-
fenfiblement pour voir Rodope à la derobée. Cloé l'obferve de
tems en tems.

CLOE'.
Quel trouble vous faifit, au milieu d'une fête
Qu'en ce beau jour tout Memphis vous apprête ?
Quand mille Amants s'empreffent dans ces lieux
A vous combler de plaifirs & de gloire ,
Doit-on voir le chagrin regner dans vos beaux yeux ?
Un monument fuperbe élevé jufqu'aux Cieux
De vos divins appas confacre la mémoire.
RODOPE.
Dans mon cœur outragé les mépris d'un ingrat
De ce jour triomphant effacent tout l'éclat.

Efope encor dans l'Efclavage
Me retrouve à Memphis au comble du bonheur.
Et je ne vois en lui qu'une fierté fauvage ;
En lui , qui me marquoit autrefois tant d'ardeur.
Eft-ce donc le titre de fage

Qu'on lui donne de toutes parts
Qui lui fait oublier ce qu'il me doit d'égards ?
Ah ! vangeons-nous de cet outrage.

CLOE'.

Quoi ! votre cœur encor en feroit-il charmé ?
Quel attrait inconnu peut vous le rendre aimable ?
D'un tel chagrin qui vous croiroit capable ?
Quand la nature l'a formé
L'a-t-elle fait pour être aimé ?

RODOPE.

De fon efprit charmant la lumiere fi pure
Juftifie en lui la nature.

Dans l'âge ou naiffent les defirs,
Où ma beauté ne faifoit que d'éclore,
Il ofa le premier m'adreffer des foûpirs
Le fouvenir m'en plaît encore.

CLOE'.

Le devez-vous garder, ce honteux fouvenir
Quand l'ingrat a brifé fa chaine ?

RODOPE.

Je le garde pour l'en punir,
Il merite toute ma haine.

J'ai pû connêtre affez le foible de fon cœur.
Je veux que dans mes fers l'efpoir le plus flateur
Malgré lui le ramene,
Pour l'accabler bientôt de toute ma rigueur.

CLOE'.

Il vous fuit, fa fierté vous bleffe ;
Je reconnois nôtre foibleffe ;
Il faut l'avouer en ce jour ;

Le depit nous intereffe
Plus mille fois que l'amour.

Songez, fongez plutôt que de toutes nos Belles
Vous allez diffiper les mouvements jaloux

Par le choix qu'aujourd'hui vous ferez d'un Epoux.
Leurs Amants infidelles
En perdant l'espoir près de vous
Le feront renaître chez elles.
Mais que vois-je? Xantus attaché sur vos pas
Paroît sensible à vos appas.

RODOPE.

Il tient l'ingrat sous sa puissance,
Il peut servir à ma vangeance.

SCENE QUATRIE'ME.

XANTUS. RODOPE. CLOE'.

RODOPE.

Pourquoi, Seigneur, vous tenir loin de nous?
Un lien assez doux
A nous chercher nous interesse,
Pouvez-vous ignorer que je dois comme vous
Ma naissance à la Grece.

XANTUS *interdit.*

L'éclat de tant d'appas, cet accueil gracieux,
A troubler ma Raison semblent d'intelligence.
Toute mon ame est dans mes yeux,
Je ne puis qu'admirer, & garder le silence.

RODOPE.

Rendez à votre esprit toute sa liberté.
On célebre en ces lieux le jour de ma naissance.
Un sage quelquefois quitte sa gravité.
Prenez part avec nous à la réjouissance.

XANTUS.

Vous m'offrez des plaisirs qui doivent me flatter,
L'usage en paroît necessaire;
Mais hélas! la Raison d'un ton triste & sévere
Ordonne de les éviter.

RODOPE.

Ah! quand la Raifon doit fe taire
Notre cœur en fecret défend de l'écouter.

Pour l'interêt de la vie,
Accordons à la folie
Les moments qui lui font dûs.

Les plaifirs nous font renaître,
Non un fage ne l'eft plus
Dès qu'il prétend toûjours l'être.

XANTUS.

Je fens dans le fond de mon cœur
Vos aimables leçons diffiper mon erreur.

RODOPE.

Ce fuprême bonheur que promet la Sageffe,
Vous le cherchez fans ceffe,
Sans faire effai des biens qui comblent nos defirs.

Quelle erreur eft plus déplorable?
Eft-ce en fuyant tous les plaifirs
Qu'on peut trouver le véritable.

XANTUS.

Je cede à des confeils fi preffants & fi doux,
Et tiendrai deformais ma fageffe de vous.

ENSEMBLE.

Aux innocents plaifirs il eft temps de $\begin{cases} \text{vous rendre} \\ \text{me} \end{cases}$

Jouiffons de tous leurs attraits.
Si c'eft pour nous que le Ciel les a faits,
Importune Raifon, pourquoi nous les deffendre?

XANTUS.

Que nous annonce ici le fon des chalumeaux?

RODOPE.

Mes Efclaves contents, & dont le foin fidele
Fait fleurir mes jardins, ou paître mes troupeau
Par des jeux & des chants nouveaux

Viennent me signaler leur zele
En tendant la main à XANTUS.
A de si doux plaisirs ne soyez plus rebelle.

SCENE CINQUIE'ME.

Fête de Bergers & de Bergeres, de Jardiniers & de Jardinie-
res, gracieuse de la part des premiers, vive & comique de
celle de ceux-ci.

CHOEUR.

LEs appas de Rodope en ce charmant séjour
  Nous rendent sa chaine legere.
  Son Esclavage sçait nous plaire
  Autant que celui de l'Amour
      On danse.

UNE BERGERE.

  Il est une heure du jour
  Où le cœur devient plus tendre,
  Bergers constants à l'attendre
  Vous l'obtiendrez de l'Amour.

  L'Amant qui la croit entendre
  Doit prévoir plus d'un danger,
  Et l'on risque à s'y méprendre
  Autant qu'à la négliger.

On joindra ici quelques canevas de Concert avec le Musicien.
      On danse.

LE CHOEUR.

Rodope a tout soumis à ses aimables loix.
Celebrons de ses yeux les amoureux exploits.
  Répondez nous échos de ces retraittes.
    Repetez mille fois
  Nos tendres chansonnettes,
Faites-en retentir nos valons & nos bois.

Fin du premier Acte.

SECOND

SECOND ACTE.

La Scene est encor dans les jardins de Rodope,
vûs du côté opposé à celui qui a paru d'abord.
La Pyramide s'y découvre entiere au-devant
de son Palais. Elle est ornée de festons de
fleurs & terminée par sa statuë. Un autel est
au pied de la Pyramide.

SCENE PREMIERE.

ESOPE seul.

Rodope la conduit dans son charmant Palais,
    Xantus est perdu pour jamais.

    Ah! qu'un Mortel est témeraire
De s'exposer aux traits de la beauté
    Quand il aime sa liberté!
Au milieu du peril il ne le connoît guere.
    Non Rodope, ne croyez pas
    Que je cherche encor vos appas;

Mais j'apperçoi Xantus. Une tendre tristesse
    M'annonce déja sa foiblesse.
Ecoutons en secret, pour la connêtre mieux
    Je crains qu'il n'évite mes yeux.

E

SCENE DEUXIE'ME.

XANTUS. ESOPE *caché.*

XANTUS.

Doux espoir, flatteuse apparence,
Présage des plaisirs, que vous avez d'appas !
Ah ! peut-on ne se rendre pas
A votre aimable violence ?

C'est par vous que l'Amour établit sa puissance.
C'est vous qui le rendez vainqueur.
Vous n'offrez que ses biens, & cachez sa rigueur.
La Raison contre vous nous laisse sans deffense.
Vous triomphez d'un trop crédule cœur.

Doux espoir, flatteuse apparence,
Présage des plaisirs, que vous avez d'appas !
Ah ! peut-on ne se rendre pas
A votre aimable violence.

Contre l'effort de tant d'attraits
Esope a prévû ma foiblesse.
J'entends déja murmurer sa sagesse.
Que ne puis-je à ses yeux me cacher à jamais !

ESOPE *s'offrant à lui à l'imprévu.*

Vous êtes interdit, vous gardez le silence,
La charmante Rodope en s'offrant à vos yeux
Vous a rendu bien sérieux.

Votre cœur plein de confiance
Se flattoit de parer les traits de sa beauté,
Quelques moments de sa présence
Ont puni votre vanité.

XANTUS.

Non, contre tant d'attraits les résistance est vaine.

J'ai beau prévoir tout le poids de ma chaine.
Envain mille Rivaux traversent mon espoir,
La Raison sur mon ame a perdu son pouvoir,
Un charme tout puissant la surmonte & m'entraine.
Ah ! peut-il naître une si rude peine
Du charmant plaisir de la voir.

E S O P E.

C'est dans sa naissance
Qu'il faut combattre l'amour.

Fuyez un fatal séjour,
Ou sa violence
Redoubleroit chaque jour.
Par le secours de l'absence
On le bannit sans retour.

C'est dans sa naissance
Qu'il faut combattre l'amour.

X A N T U S.

Où pourrois-je éviter l'atteinte d'une flamme
Que je porte au fond de mon ame.

Esope, par pitié soulage ma douleur.
Toi qui connus Rodope en sa tendre jeunesse
Tu sçais le chemin de son cœur.
Va lui faire l'aveu de ma vive tendresse.
Flechi l'objet dont je suis enchanté
Et le prix de tes soins sera ta liberté.

E S O P E.

Est-ce à moi vôtre Esclave à l'oser entreprendre ?
Esperez-vous qu'elle daigne m'entendre.
Vous quittez son Palais, dans ce charmant séjour
Qui vous obligeoit au silence ?
Tout y favorisoit l'aveu de votre amour.

X A N T U S.

Plus l'amour a de violence,
Moins il ose parêtre au jour.

La crainte & l'espoir tour à tour
Y tenoient mon ame en balance.

Mes soûpirs, mes regards, quelques mots échapez
Ont pû lui reveler le secret de mon ame;
Mais pour faire sentir tout le feu qui m'enflamme,
Qu'est-ce que des discours tremblants, entrecoupez?
Toy seul....

ESOPE.
Sage Xantus, vous devez me connêtre,
Au nom de tous les Dieux,
Ne m'offrez point à ses beaux yeux,
Je sens déja mon feu renaître.
J'aime mieux mille fois expirer dans vos fers
Que d'exposer mon cœur aux maux qu'il a soufferts.

XANTUS.
La douceur de ton esclavage,
Mes soins, ma tendresse pour toy
Ont assez merité ce gage de ta foy.
Ne crain rien pour ton cœur, je te connois trop sage,
Tu l'es mille fois plus que moi.

ESOPE.
Echappé d'un amour funeste,
A rentrer dans mes fers pourquoi m'engagez-vous?
Ne puis-je hélas! conserver entre nous
Le peu de Raison qui nous reste?

XANTUS.
Elle s'avance dans ces lieux,
Profite d'un moment pour moi si précieux.

SCENE TROISIE'ME.

RODOPE. CLOE'. ESOPE.

RODOPE.

ESope, quelle indifference !
Pouvez-vous dans Memphis faire un si long sejour,
  Sans m'accorder en ces lieux à mon tour
    Un moment de votre présence ?

ESOPE.

Vous vous plaindrez bientôt d'une plus grande offense,
    J'y viens vous offrir de l'amour.

RODOPE.

D'une premiere ardeur gardez-vous la mémoire ?

ESOPE.

Non, ne rougissez plus d'une telle victoire,
Recevez un Amant plus digne de vos fers.

Je viens vous déclarer le tendre amour d'un Sage,
    Du Maître illustre que je sers ;
    Si vous acceptez son hommage,
L'instant de son bonheur finit mon esclavage.

RODOPE.

    Et vous, Esope, je vous perds ?

ESOPE.

Que d'Amants en ces lieux réparent ce dommage !

RODOPE.

Quoi, vous voulez, ingrat, vous soustraire à mes loix ?

ESOPE.

Me sieroit-il encor d'aspirer à vous plaire ?

RODOPE.

    D'où vient qu'Esope désespere ?
    Me déplaisoit-il autrefois ?

ESOPE.

Le défir curieux d'une vive jeuneffe,
　　Fait écouter les plus communs foupirs.

　　Un peu d'ufage des plaifirs
　　Produit plus de délicateffe.
　　　　R O D O P E.
　　Je prétends du moins qu'en ce jour
Une tendre amitié fuccede à notre amour.

Vous m'offrez un Epoux ; mais je fens, fage Efope,
D'un lien éternel mon cœur épouvanté.
　　L'Hymen convient-il à Rodope ?
Donnez-moi ce confeil avec fincerité.

　　　Efope lui donne ce confeil dans une Fable.

　　　　　　Fauvette volage
Bis. {　Craignez de la cage
　　　　　　Le fâcheux fejour.

　　Dans ce charmant bocage
　　Mille Oyfeaux d'alentour
　　Du plus brillant plumage
　　　　　Viennent tour à tour
　　Par leur tendre ramage
　　　　　Vous faire la cour.

　　　　　　Fauvette volage
Bis. {　Craignez de la cage
　　　　　　Le fâcheux fejour.

　　Pourrez-vous à votre âge
　　Après un doux ufage
　　　　　Quitter de l'amour
　　Le galand badinage ;
　　　　　On ne s'en dégage
　　Que fur le retour.

Fauvette volage

Bis. { Craignez de la cage
{ Le fâcheux fejour.

RODOPE.

Par ce confeil j'apprends à me connêtre,
J'en aime la fincerité.

ESOPE.

Mon zele peut-il mieux parêtre ?
Vôtre bonheur m'eft cher plus que celui d'un Maître
Qui me promêt la liberté.

RODOPE.

Allez lui déclarer que j'approuve fa flamme.
Je ne veux l'écouter que pour vos interêts.

ESOPE.

Le fouvenir de vos bienfaits
Sera toujours l'objet & le plus cher à mon ame.

SCENE QUATRIE'ME.

RODOPE. CLOE'.

RODOPE en fureur.

Non, je ne puis fouffrir ce mépris odieux.
Soulagez mon dépit doux efpoir de vengeance.
Quand il voit près de moi mille Amants en ces lieux
Afpirer à la préference ,
L'Ingrat me fait fentir fa fiere indifference
Par un confeil injurieux.
En vain & ma bouche & mes yeux
Flattoient fon efperance.
Efope à m'offenfer eft trop ingenieux.
Soulagez mon dépit doux efpoir de vengeance.

CLOE'.

Par l'amour de Xantus, fixé dans ce fejour,
Vous pourrez à loifir affouvir votre haine.

E iiij

RODOPE.

Puisque puur moi son Maître a senti de l'amour;
Bientôt ma vengeance est certaine.

CLOE'.

Je le voy, qui déja malgré lui le ramene.

SCENE CINQUIE'ME.

XANTUS, RODOPE. CLOE'.

Xantus, dans le fond du Theâtre, veut ramener par force Esope qui lui échappe.

RODOPE.

Esope avec chagrin semble suivre vos pas,
Qui peut causer son embarras?

XANTUS.

Il évite vos yeux que l'Univers adore,
Et se croit trop heureux s'il échappe à leurs coups.
Plus heureux mille fois encore
Qui s'expose à mourir d'un martyre si doux.

RODOPE.

Je n'ay que trop connu l'excès de votre flamme,
Mais c'est en vain qu'elle flatte mon ame;
Helas! puis-je encor être à vous?

XANTUS.

Si votre cœur a sçû jusqu'ici se défendre
De déclarer ses sentiments,
Le plus tendre de vos Amants
Est encor en droit d'y prétendre.

RODOPE.

Puis-je sans les offenser tous
Vous accorder un choix dont chacun d'eux se flatte?
Rendrois-je un Monument où leur amour éclatte
Le trop digne sujet de leur juste courroux?

XANTUS.

Devez-vous leur parêtre ingratte,
Si je puis à mon tour
Par de plus tendres soins vous prouver mon amour?

RODOPE.

Vous pourriez m'engager à la reconnoissance
Par un don pour moi plus charmant
Que leur superbe monument.

XANTUS *avec ardeur.*

Quel trésor est en ma puissance
Qui puisse mériter un regard de vos yeux?

RODOPE.

Esope, votre Esclave, est ce don précieux.

XANTUS.

Il est à vous; vos fers sont une récompense,
Et je deviens jaloux de son sort glorieux.

RODOPE.

Je ressens un plaisir extrême
De ce gage de votre foy,
J'espere qu'Esope lui-même
En sera charmé comme moi.

Pour vous en faire honneur, je veux que dans la fête
A m'accompagner il s'aprête.
Petmettez qu'à l'instant j'aille l'y préparer.

XANTUS.

Hé quoi! faut-il déja nous séparer?

Xantus seul, après avoir réflechi quelque temps.

Pourquoi cette fuite soudaine?
Quel mouvement si prompt vers Esope l'entraîne?
Ah! c'est trop tôt lui vouloir annoncer
Ce qui va lui causer une mortelle peine.
A lui porter ce coup doit-elle s'empresser;
Se fait-elle un plaisir de m'attirer sa haine?
Perfide que je suis je lui manque de foy.
Devoit-il l'attendre de moi?

Il fait ici quelques pas en réflechissant.

Ouvrons les yeux, Rodope dans son ame
A ranimé l'ardeur de sa premiere flamme.
   Helas! dans ce fatal moment
    L'Ingratte s'applaudit peut-être
D'avoir sçû de mes mains arracher son Amant.
La Fête les ramene & commence à parêtre.
Observons tout, l'Amour est facile à connêtre.

SCENE SIXIE'ME.

La Fête s'avance, dans laquelle Rodope paroîtra au rang le plus honorable de la marche. Elle aura la main appuyée sur l'épaule d'Esope, qui portera sur l'autre épaule son parasol. En la quittant il fera une exclamation contre Xantus.

ESOPE.

Quel astre malheureux à mon destin préside?
  C'est donc ainsi, Maître ingrat & perfide,
  Que vous dégagez votre foy?
RODOPE, *d'un air gracieux pour l'appaiser.*
 De ce courroux calmez la violence,
  Esope, gardez le silence,
  Songez que vous êtes à moi.

Les personnages de la Fête seront, outre une grande Prêtresse du Temple de l'Amour, suivie de quelques autres. Les Sacrificateurs des autres Divinités adorées à Memphis, & enfin tout le peuple. Et de plus, les Esclaves de Rodope vêtus richement.

CHOEUR.

Jouïssons du doux avantage
De pouvoir de Rodope admirer les appas.
  Que ce Monument dédommage
Notre posterité qui ne la verra pas.

Qu'on vienne de tous les climats
Y rendre à sa mémoire un éternel hommage.

Xantus conduit Rodope à l'Autel qui est au bas de la Pyramide :
elle y verse de l'encens dans le feu. Xantus la remet ensuite
à sa place, après qu'elle en a fait la consecration par les
vers suivans

RODOPE.

Amour, si j'ai pris soin d'étendre ta puissance,
  Ce Monument superbe, en récompense,
Jusques chez l'avenir va me combler d'honneur ;
  Sois satisfait de ma reconnoissance,
Je te consacre ensemble & ma gloire & mon cœur.

    On danse.

La grande Prêtresse du Temple de l'Amour lui chante cet Hymne.

  Source unique & toujours feconde
  Des plaisirs les plus précieux,
Amour, charmant Amour, pour le bonheur du monde
Regne à jamais, & triomphe en tous lieux.

LE CHOEUR.

Amour, charmant Amour, &c.

LA PRETRESSE.

  On vole en vain de victoire en victoire.
Vainement la fortune a rempli nos désirs.
Au milieu des trésors, au comble de la gloire,
Vers tes faveurs encor on pousse des soupirs.
On oublie en aimant tous les autres plaisirs.

Tu partages les biens, dont ton Empire abonde,
  Entre les Mortels & les Dieux.
Amour, charmant Amour, pour le bonheur du monde
  Regne à jamais, & triomphe en tous lieux.

    On danse.

LA PRETRESSE.

Soupirez, aimable jeunesse.

Dans votre plus belle saison
Ce penchant fait votre sagesse.
Le désir de charmer en inspire l'adresse.
L'amour éclaire autant que la raison.

Soupirez, aimable jeunesse.

Ballet general de tous les Personnages.

TROISIÈME ACTE.

SCENE PREMIERE.

XANTUS. ARBATTE son Pilotte.

XANTUS.
ARbatte, qu'au départ tout le monde s'apréte.
ARBATTE.
Le vent est favorable & l'on n'attend que vous.
XANTUS.
Rodope doit dans cette Fête
Faire choix d'un Epoux;
J'en veux être témoin; après, rien ne m'arrête.

SCENE DEUXIÈME.

XANTUS seul.

Il aura vû, pendant la Fête, Rodope pour se divertir, gracieuser Esope, par quelques mines ausquelles il n'aura répondu que tristement. & d'un air mal-content.

LEs yeux de l'Infidelle ont trahi son ardeur.
Ils m'ont fait pénétrer jusqu'au fond de son ame.

Non, je ne doute plus de son indigne flamme,
De mon Esclave elle a fait son Vainqueur.

Eh ! je pourrois l'aimer encore ?
Ah ! mon Rival me deshonore.
Lui-même étoit confus de son propre bonheur.
Banissons à jamais l'Ingratte de mon cœur.

Sur une esperance incertaine
Trop legerement engagé,
Un genereux mépris doit me tirer de peine.
Par son bizarre choix Rodope m'a vengé ;
Il faut qu'à la Raison la honte me ramene.
Je la voi ; mais déja je me sens soulagé ;
Fuyons, ne cherchons point à renoüer ma chaîne.

SCENE TROISIE'ME.

RODOPE. CLOE'.

RODOPE.

ENfin le fier Esope est soumis à ma Loy.
Mais d'où naît en lui tant d'effroi
D'être sous ma puissance ?

J'eus un secret plaisir, au sortir de l'enfance,
De le voir soupirer pour moi.

Quand il osa m'offrir sa foy,
Je ne m'en fis point un offense.
Il me fuit, l'Ingrat, hé pourquoi ?
Quelle horreur aujourd'huy lui cause ma présence ?

CLOE'.

Vous l'aimez encor, je le voy.

La perte d'un Amant qui cessa de nous plaire,
De notre cœur ne trouble point la paix.

Une violente colere
Ne fait qu'expliquer nos regrets.

RODOPE.

Non, ne croy pas que mon cœur le regrette.
C'eſt de ſon eſprit ſeul que le mien fût épris.
Je pardonnerois ſa retraite;
Mais je dois punir ſes mépris.

CLOE'

Pour ſatisfaire votre haine,
Eſt-ce aſſez le punir que d'attendrir ſon cœur?

RODOPE.

Juge mieux des tourments où ma feinte l'entraîne.
L'illuſion de ma tendreſſe vaine
Va le précipiter du faîte du bonheur,
Pour le faire expirer ſous le poids de ſa chaîne.

Il vient. Qu'un doux accueil lui prépare ſa peine.

SCENE QUATRIE'ME.

ESOPE. RODOPE. CLOE'.

RODOPE.

Sage Eſope, pourrai-je eſperer déſormais
De joüir de votre préſence?

ESOPE.

Pourquoi pouſſer à bout ma vertu, ma conſtance?
Serai-je par vos ſoins malheureux à jamais?

Ai-je du ſort merité cet outrage?
Eſt-ce à Rodope à m'accabler?
Vous qui deviez finir mon trop long eſclavage,
Vous aimez à le redoubler.

RODOPE.

Si je veux l'adoucir, qu'avez-vous à vous plaindre?

ESOPE.

Pouvez-vous de vos yeux moderer le pouvoir?

RODOPE.

A m'aimer, qui peut vous contraindre ?

ESOPE.

La néceſſite de vous voir.

RODOPE.

Votre ſublime eſprit, votre rare ſageſſe,
Sçauront vous garantir de l'amoureuſe ardeur.

ESOPE.

N'inſultez point à ma foibleſſe,
Vous qui connoiſſez trop le penchant de mon cœur.

Ah ! laiſſez-moi guerir d'une fatale flamme.
De mon ſort malheureux, moderez les rigueurs.
Soyez attendrie à mes pleurs,
Et calmez par pitié les troubles de mon ame.

RODOPE.

L'Amour peut-il encor vous cauſer tant de maux ?
Mais, laiſſez-moi, je cherche en ces lieux du repos.

SCENE CINQUIE'ME.

RODOPE. CLOE' un peu à l'écart.

RODOPE après quelques pas en revant.

AU milieu des tranſports d'une aveugle colere,
Eſope, au déſeſpoir, diſſipe mon erreur.
Un ſeul moment me déſarme & m'éclaire.]
La plus tendre pitié ſuccede à ma fureur.

Moi ? je voudrois punir un Amant qui m'adore ?
Qui perit en ſecret d'un feu qui le dévore ?
Sage Mortel, mon cœur, de remords combattu,
En plaignant ton amour, admire ta vertu.

Mais, qui vient ici nous ſurprendre ?

SCENE SIXIE'ME.

Les Amants & les Rivalles de Rodope viennent la presser de faire un choix.

CHOEUR DE RIVALLES.

BElle Rodope, il est temps de vous rendre.
UNE DES RIVALLES.
Toutes les Belles de Memphis,
De leurs Amants, à vos Loix asservis,
Vous pressent par ma voix de choisir le plus tendre.
CHOEUR DE RIVALLES.
Belle Rodope, il est temps de vous rendre.
UN DES AMANTS.
Le choix de votre Epoux, depuis long-temps promis,
Par vous, à ce grand jour, avoit été remis.
N'esperez plus vous en défendre.
TOUS LES CHOEURS.
Belle Rodope, il est temps de vous rendre.
RODOPE.
Je voudrois à chacun de vous
Donner la preference ;
Mais mon cœur en balance
Ne peut ni vous choisir, ni vous refuser tous.
Esope, c'est à vous, c'est à votre prudence
Que je remets le choix de mon Epoux.
ESOPE.
Moi ? je deciderois du sort de votre vie ?
Moi ? vil Esclave de Phrigie,
Je prononcerois un Arrêt
Où tout Memphis prend interêt ?
RODOPE.
De Mon estime ayez un gage.

Votre

Votre vertu l'a merité,
Esope, sortez d'esclavage,
Je vous donne la liberté.

ESOPE.

A vos seuls interêts vous me sçavez sensible.
Puis-je connêtre, étranger en ces lieux,
Qui de tous vos Amants vous merite le mieux ?

RODOPE.

Mon embarras est invincible ;
Qu'on m'accorde le temps de consulter les Dieux.

UN DES AMANTS *d'un ton de colere.*

Ah ! c'est trop differer, c'est trop faire parêtre,
Qu'en vain de tous nos soins nous attendons l'effet.
Il faut choisir, tel que le choix puisse être,
Chacun en sera satisfait.

LE CHOEUR.

Il faut choisir, tel que le choix puisse être,
Chacun en sera satisfait.

RODOPE *d'un ton de dépit.*

Vous m'y forcez ; mon choix est fait,
Je vais vous le faire connêtre.

On vante en tous lieux ma beauté.
Un pompeux monument, à la posterité,
Va faire passer ma mémoire,
Et peut-être ma vanité.
Il faut en effacer ce qui nuit à ma gloire
Par un effort qu'on n'attend pas de moi,
Esope, recevez ma foy.

ESOPE.

Pourriez-vous faire cette injure
Aux illustres Amants, dont le zele en ces lieux,
Rend à jamais votre nom glorieux ?

RODOPE.

Je veux que d'une gloire, & plus juste & plus pure,
Dans l'avenir, mon nom soit revêtu,

F

Et des graces de la nature,
Faire un hommage à la Vertu.

ESOPE.

Xantus, plus aimable & plus fage,
Mille fois mieux que moi, merite cet hommage.

XANTUS.

Non, d'un jufte remords je me fens combattu.
Non, cher Efope, il faut que de mon injuftice,
　　　Rodope aujourd'huy me puniffe.
Vivez, vivez heureux fous fon aimable Loy,
Sans craindre que jamais mon amour en gemiffe.
Mon cœur vous en a fait un parfait facrifice.
Votre vertu m'apprend à triompher de moi.

RODOPE.

Jouiffez de votre victoire.
Croyez en mon amour qui répond à vos vœux,
　　　Et me comble de gloire.

ESOPE.

Vous meritez de plus aimables nœuds.
　　　C'eft moi qu'il en faut croire.

Enfemble.

C'eft moi qu'il en faut croire.

ESOPE.

D'un amour de caprice, un éternel chagrin;
Un fecret repentir feroient la trifte fin.

Au repos de vos jours j'immole ma tendreffe.
Mon amour en gemit; tout mon cœur s'intereffe
　　　A m'arrêter pour jamais en ce lieu.

　　　Avec quels traits, inexorable Dieu,
Viens-tu combattre ici ma fragile fageffe?
Mais, dufai-je expirer du tourment qui me preffe.
　　　Belle Rodope.... Adieu.　　*Xantus l'arrête.*

RODOPE *en pleurs.*

Vous m'évitez en vain, je vous fuivrai fans ceffe.
　　　Non, cruel, non, ce que je fens pour vous

N'eſt ni caprice ni foibleſſe.
Votre ſeule vertu ranime ma tendreſſe.
Vers la ſolide gloire elle éleve mon cœur,
Et bannit les erreurs qui troubloient ma jeuneſſe.

XANTUS *à Eſope.*

Cedez à des tranſports & ſi beaux & ſi doux,
 Quand un Rival lui-même vous en preſſe.
La préference ici n'a plus rien qui nous bleſſe ;
Rodope par ſon choix ſçait nous accorder tous.
 Nous ne devons être jaloux
  Que de votre ſageſſe.
 Cedez, cedez, Eſope, rendez-vous,
 Vous la meritez mieux que nous.

CHŒUR DES AMANTS.

 Cedez, cedez, Eſope, rendez-vous,
 Vous la meritez mieux que nous.

RODOPE *& Eſope enſemble.*

Eſope. —— Ah ! vous remportez la victoire.
Rodope. —— Cedez, cedez-moi la victoire.
Eſope. —— Enchaînez pour jamais votre premier Amant.
Rodope. —— Rendez-moi tous les feux de mon premier Amant.

Enſemble.

Aimons-nous toujours tendrement
Pour éterniſer notre gloire.

XANTUS *à Eſope.*

Goûte en paix l'heureux ſort que t'accorde les Dieux.
 Je vais m'éloigner de ces lieux,
Satisfait, enchanté de ton bonheur extrême,
Ton Hymen, ta vertu, me rendent à moi-même,
Que la joye en partant ſignale mes adieux.

SCENE DERNIERE.

Les Matelots qui doivent rendre Xantus à Athenes, suivis de leurs Maîtresses, forment le divertissement.

UN MATELOT & sa Maîtresse.

Aimons, aimons dans le bel âge.
Embarquons-nous sans crainte du naufrage,
L'Amour prend soin de notre sort.
Partons, partons, goûtons les plaisirs du voyage,
En attendant les délices du port.

Le Chœur repete ces cinq derniers vers.

Fin de la Piece.

Voici quel a été le fort de l'ouvrage qu'on vient de lire.

MEssieurs de Francine & Destouches, l'un après l'autre, pendant qu'ils étoient Directeurs de l'Académie de Musique, l'avoient reçû rrès-favorablement, & deux Musiciens fureut chargez par eux d'y travailler ; mais ceux-ci ne trouverent pas qu'Esope ; Amant, fut un sujer convenable au Théatre de l'Opera. Je me flatte, qu'après la lecture de ma Préface, cette difficulté doit disparoître aux yeux de toute personne de bon sens, surtout étant informée qu'on auroit pris la précaution de faire mettre cette Préface dans le Mercure, un mois avant la représentation de la Piece, pour disposer le Public à trouver Esope moins difforme sur cette Scene, que Planude ne l'a dépeint.

Après le refus de ces deux premiers Musiciens, un troisième, d'un mérite reconnu, & applaudi depuis long-temps à la Cour & à la Ville, en mit une bonne partie en Musique ; mais l'ayant fait entendre à quelques-uns de ses amis, qu'il me nomma, gens sinceres & éclairez, il m'avoüa, avec une franchise peu ordinaire aux Auteurs, qu'il n'avoit pas rendu mes paroles à leur goût, & par leur conseil, me remit le Poëme.

Sur quelque réputation que cet ouvrage avoit acquise, ayant été lû par plusieurs connoisseurs ; un homme, ci-devant Danseur à l'Opera, me vint offrir un quatrième Musicien, selon lui, le plus capable de tous de le mettre en œuvre avec toutes les graces dont il étoit susceptible ; mais pour ne pas donner à un si habile homme un Poëme qui fût indigne de sa musique, il me pria de lui confier le mien pendant deux ou trois jours, pour le faire examiner par deux Sçavants de ses amis ; me jurant sur son honneur qu'aucun autre ne le verroit, & me marquant en tout cela un très-grand zele pour mes interêts, & d'uu ton à me le persuader.

Le foible que j'ai eu toute ma vie à me livrer trop aisément aux protestations d'amitié, me fit donner dans le paneau. Voici quel fut l'effet de son zele. Il tira d'abord une copie de ma Piece, & la donna, sans m'en rien dire, à cet habile homme prétendu, que l'on m'assura, peu de temps après, être le plus foible Violon de l'Orquestre de l'Opera, & qui, à l'âge de soixante & dix ans ou environ, n'avoit pas encore fait une seule Cantate, pas la moin-Chanson.

On peut croire aisément, qu'étant si bien informé du Personnage, je n'avois garde de lui abandonner ma Piece, & je me crus

bien heureux d'être échappé de ſes mains. Il fallut pourtant, hon-
nétement, entendre un Concert de violons, par lequel il vouloit
me donner un échantillon de ſa ſcience, & il m'en promit un autre
de ſa muſique vocale. Long-temps après, m'étant venu inviter à
ce dernier eſſai, je lui demandai ſur quel morceau de Poëſie il avoit
travaillé, & il me répondit, ſans rougir, que j'entendrois mon
Prologue & mon premier Acte finis, que M*** lui avoit donnez.

La découverte de cette perfidie du Danſeur, & l'air tranquille
de ſon complice en me l'annonçant, me frapperent, je l'avoüe,
d'un coup d'autant plus rude, que Meſſieurs Rameau & Rebel le
fils m'avoient fait l'honneur de me témoigner de l'envie de travailler pour moi, & que même en ce temps-là j'avois déja traité
par l'entremiſe d'un tiers avec un autre Muſicien, qui, pour avoir
ma Piece qu'il vouloit mettre en muſique *incognito*, m'avoit fait
donner quarante piſtoles d'avance, qu'il ne devroit reprendre que
ſur ce que le ſuccès m'en auroit produit.

La fin de tout cela a été, que par les mauvaiſes fineſſes que le
Danſeur & le Violon ont employées, je l'ai perduë, auſſi-bien que
les quarante piſtoles qu'il m'a fallu rendre, & que le Danſeur
avoit promis de me rembourſer, ce qui s'eſt trouvé une gaſ-
conade.

Pour m'en conſoler, je la donne au Public, qui pourra me plaindre, & je la joins, par occaſion, à ma Paſtorale, qui ſeule n'é-
tant que d'un Acte, auroit fait un volume trop petit.

de la date d'icelles : Que l'impression de ces Livres sera faite dans notre Royaume & non ailleurs, & que l'Impetrant se conformera en tout aux Reglemens de la Librairie, & notamment à celui du dixiéme Avril 1725. & qu'avant que de les exposer en vente, les manuscrits ou imprimez qui auront servi de copie à l'impression desdits Livres, seront remis dans le même état où les Approbations y auront été données ès mains de notre très-cher & féal Chevalier, Garde des Sceaux de France le Sieur Chauvelin, & qu'il en sera ensuite remis deux Exemplaires dans notre Bibliotheque publique, un dans celle de notre Château du Louvre, & un dans celle de notredit très-cher & féal Chevalier, Garde des Sceaux de France, le Sieur Chauvelin ; le tout à peine de nullité des Presentes : du contenu desquelles vous mandons & enjoignons de faire joüir l'Exposant, ou ses ayans cause, pleinement & paisiblement, sans souffrir qu'il leur soit fait aucun trouble ou empêchemens. Voulons qu'à la copie desdites Presentes, qui sera imprimée tout au long au commencement ou à la fin desdits Livres, soit tenuë pour duement signifiée, & qu'aux copies collationnées par l'un de nos amez & feaux Conseillers-Secretaires, foy soit ajoutée comme à l'original. Commandons au premier notre Huissier ou Sergent, de faire pour l'execution d'icelles tous Actes requis & nécessaires, sans demander autre permission, & nonobstant clameur de Haro, Chartres, Normande & Lettres à ce contraires : Car tel est notre plaisir. Donné à Versailles le dixiéme jour du mois de Juin, l'an de grace mil sept cent trente-cinq, & de notre Regne le vingtiéme. Par le Roi en son Conseil.

Signé, SAINSON.

Regiſtré ſur le Regiſtre de la Chambre Royale des Libraires & Imprimeurs de Paris, Nº. fol. conformément aux anciens Reglemens, confirmez par celui du 28. Fevrier 1723. A Paris le treiziéme Juin mil sept cent trente-cinq. G. MARTIN, Syndic.

www.ingramcontent.com/pod-product-compliance
Lightning Source LLC
Chambersburg PA
CBHW071118260626
47162CB00006B/2369